참룡회귀록

참룡 회귀록 7

초판 1쇄 인쇄일 2019년 5월 16일 ㅣ **초판 1쇄 발행일** 2019년 5월 21일

지은이 정한솔 ㅣ **펴낸이** 곽동현 ㅣ **담당편집 팀장** 이범수
편집부 홍현주 정요한

펴낸곳 (주)조은세상 ㅣ 출판등록 제2002-23호
주소   경기도 연천군 미산면 청정로 1355
TEL 편집부 02)587-2966 ㅣ FAX 02)587-2922
e-mail bukdu@comics21c.co.kr

정한솔 ⓒ 2018
ISBN 979-11-6432-244-2 ㅣ ISBN 979-11-89672-81-2(set) ㅣ 값 8,000원

斬龍回歸錄

참룡회귀록

정한솔 신무협 장편소설

7

북두
(주)조은세상

정한솔 신무협 장편소설

NEO ORIENTAL FANTASY STORY

CONTENTS

참룡
회귀록

斬龍
回歸
錄

斬龍回歸錄

참룡회귀록

43 章.

　구심점을 잃은 무리를 제압하는 것은 쉬운 일이다.

　그 정도는 철무한 혼자서도 처리하는 것이 어렵지 않았
다.

　서진과 이각, 허태충, 여유향은 순순히 무기를 내려놓았
기 때문이다.

　그들을 격리시키고 하수란까지 옥에 가둔 것으로 뒤처리
를 끝낸 철무한이 피곤한 기색으로 자신의 거처로 들어섰
다.

　혁련강을 대동하고 거처로 들어서는 그를 보며 고민우가
먼저 소리를 냈다.

　"다 하셨습니까?"

"그래."

철무한이 고개를 끄덕이고는 아는 체를 하는 아이들에게 건성으로 대꾸해 준 이후 모용기에게 다가갔다.

그러나 모용기는 팔짱을 낀 채 무언가 골똘히 생각에 잠긴 모습이었다.

괜히 건드리기가 껄끄러운 느낌에 철무한은 붕대를 칭칭 감고 있는 명진에게로 시선을 돌렸다.

"괜찮냐?"

"괜찮다."

성의가 없어 보일 정도로 짧은 대꾸였다. 그러나 철무한은 이제는 익숙하다는 얼굴로 명진의 옆에 털썩 주저앉았다.

"저 녀석은 왜 또 저래?"

명진은 어깨를 들썩였다.

"글쎄."

"하긴, 뭐 하나 제대로 대답해 주는 법이 없는 녀석이지."

철무한이 불만스럽다는 얼굴로 모용기의 옆얼굴을 힐끔 쳐다보고는 이내 철소화에게로 시선을 돌렸다.

"너 어떻게 된 거야? 어디 다친 곳은 없고?"

대답하려 준비를 하는지 입술을 오물거리는 철소화를 대신해 정주형이 냉큼 입을 열었다.

"안 그래도…… 아가씨, 대체 어떻게 된 일이에요? 제가 얼마나 걱정했는지 아세요? 무사하면 무사하다고 연락이라도……."

그러나 철소화가 고개를 저으며 정주형의 말을 끊었다.

"나 안 무사했거든?"

"예?"

"그래. 절벽에서 떨어져 가지고 얼마나 개고생했는데……."

"절벽에서요?"

정주형이 눈을 동그랗게 떴다. 그것은 다른 아이들 역시 마찬가지였다. 철무한이 아이들을 대표해 먼저 질문했다.

"절벽에서? 그게 뭔 소리야? 네가 왜 절벽에서 떨어져?"

"그게 유선 언…… 아니지. 하유선 그 계집애가 통수를 때리는 바람에……."

"하유선? 유선이?"

"그렇다니까. 고년이 나랑 기아 오빠 팔아먹는 바람에 진짜 죽을 뻔했다니까?"

씨근덕거리는 철소화를 보며 철무한이 언뜻 이해가 가지 않는다는 얼굴을 하다가 뒤늦게 다시 입을 열었다.

"안 그래도 고모님을 일단 가둬 두긴 했는데, 대체 무슨 일이 있었던 거냐? 기아 저 녀석 고모님한테 왜 저렇게 날을 세워?"

그러나 하수란에게 날을 세우는 것은 철소화도 마찬가지
였다.

"고모님은 무슨! 그 씹어 먹어도 시원찮을 년이 무슨 고
모님이야!"

철소화의 입에서 상소리가 튀어나오자 철무한이 눈을 동
그랗게 떴다.

그러나 이어지는 철소화의 설명에 철무한 역시 같은 얼
굴로 이를 갈 수밖에 없었다.

"이것들이 미쳤나? 감히 누굴 팔아먹어? 하오문이고 나
발이고 확 지워 버릴까 보다."

"내 말이! 아빠가 살려 두래서 살려 두긴 했는데 일단 끝
나기만 해 봐. 내가 그년들 뼈를 씹어 먹어 버릴 테니까."

철소화가 여전히 분이 풀리지 않는지 철무한과 같은 얼
굴을 하고 이를 으드득 갈았다.

그리고 철소화의 이야기를 들은 대부분의 아이들 역시
마찬가지 표정이었다.

오로지 임무일만이 조금은 다른 얼굴로 고개를 갸웃거렸
다.

"그런데 넌 어떻게 빠져나온 거야? 단연애는 나도 좀 아
는데, 거기 맑은 날에도 바닥이 안 보일 정도로 엄청 깊은
곳인데……."

그리고 단연애를 아는 것은 정주형과 안은희 역시 마찬

가지였다.

정주형이 안은희보다 먼저 철소화를 쳐다봤다.

"그러고 보니…… 아가씨, 대체 거기 어떻게 빠져나온 거예요? 아니, 그 전에 어떻게 살아남은 거예요?"

정주형의 질문에 철소화의 눈동자가 저도 모르게 모용기를 찾았다.

여전히 생각에 잠긴 모용기의 얼굴을 품은 철소화의 눈이 초승달처럼 휘어졌다.

"그게 말이지……."

바위에 검을 박고 대롱대롱 매달려 있던 모용기가 얼떨떨한 얼굴을 했다.

"뭐야? 난 왜 안 받아 줘?"

잠깐 고민을 해 봤지만 답을 구할 수가 없었다. 시간을 두고 깊게 고민을 해 봐도 마찬가지일 것이다. 무언가 얼얼한 느낌에 정상적인 사고 기능이 제대로 작동하지 않았기 때문이다.

그러나 그럴수록 포기는 쉽지 않았다. 오만가지 생각이 꼬리에 꼬리를 물었다.

"내가 너무 급하게 뛰어내렸나? 아닌데. 유화상단 계집애

13

집어 던지고 하 씨 아줌마 집어 던진 것보다 더 시간을 뒀는데…… 혹시 셋만 던진다고 했다고 진짜 셋만 받은 건가? 설마…… 딱 봐도 여자 셋이라 남자인 나를 못 알아볼 리가 없는데…… 이게 대체 어떻게 된…… 어라?'

여전히 멍한 얼굴로 웅얼거리던 모용기가 한순간 눈을 동그랗게 떴다.

"꺄아악!"

길게 이어지는 높은 목소리의 비명 소리.

"이건 여자 목소린데……."

모용기가 미간을 좁히려는 찰나 시커먼 물체가 쉭 하고 스쳐 지나갔다.

그리고 그 정체를 눈치 챈 모용기는 얼굴을 구길 수밖에 없었다.

"망할!"

철소화였다.

어둠에 가려 얼굴은 알아볼 수는 없었지만, 철소화가 품은 향은 또렷이 기억하고 있었기 때문에 확실하게 알 수 있었다.

"젠장!"

모용기가 바위에서 단숨에 검을 뽑아내며 절벽을 타고 다리를 놀렸다.

무시무시하게 가속도가 붙으며 순식간에 떨어져 내리는

철소화를 따라잡았다.

"꺄아아!"

"시끄러!"

모용기의 목소리에 철소화가 떨어져 내리는 와중에도 눈을 동그랗게 떴다.

"어라?"

"어라는 개뿔! 네가 왜 거기서 튀어나와? 진짜 죽고 싶어?"

"어? 난 오빠 따라서…… 가 아니고! 뭐 하는 거야! 빨리 구해 줘!"

모용기는 정신없이 발을 놀리는 와중에도 한숨을 푹 내쉬다가 이내 짧게 고개를 저어 상념을 털어 냈다.

'꽤 오래 떨어졌는데……'

아무리 깊은 곳이라도 슬슬 끝이 보이기 시작할 거라 생각했다.

모용기가 잠깐 눈알을 굴리는 사이 철소화가 갑자기 버둥대기 시작했다.

"나 빨리 구해 달라고! 이러다 진짜 죽겠다고!"

모용기가 얼굴을 찡그리다가 곧 심호흡을 하며 마음을 가라앉혔다.

더는 위험하다는 생각이 든 것이다.

"에라, 모르겠다!"

모용기가 벽면을 콕 찍었다.

모용기의 신형이 무섭게 쏘아져 나가더니 철소화를 부드럽게 안아 들려 했다.

퍽!

"컥!"

그러나 가속도가 붙은 것은 철소화 역시 마찬가지였다. 모용기가 숨이 턱 막히는지 답답한 소리를 내다가 급히 정신을 차리며 검을 든 오른손을 허우적거렸다.

"반대편! 반대편!"

철소화가 황당하다는 얼굴을 했다.

"아니 이게 무슨!"

"시끄러! 너도 빨리 해 봐!"

그러나 허우적거리면 허우적거릴수록 떨어지는 속도만 더 빨라지는 듯한 기분이다.

철소화가 어둠 속에서 모용기를 쳐다보며 말했다.

"오빠, 포기해. 포기하면 편해."

모용기가 얼굴을 와락 구겼다.

"이런 망……!"

풍덩!

철벅!

축 늘어진 철소화를 둘러메고 연못을 빠져나온 모용기가

새파랗게 질린 얼굴로 입술을 부들부들 떨었다. 목소리가 가늘게 떨려 나오며 저도 모르게 말을 더듬었다.

"제, 젠장!"

철소화를 아무렇게나 내려 둔 모용기는 그 자리에 털썩 드러누웠다.

"죽겠네, 진짜……."

가슴 앞뒤로 욱신거리는 통증에 숨이 가빠진 것은 둘째치더라도 어디 한군데 부러진 것은 아닐까 걱정이 된 것이다.

"어디 부러진 건 아니겠지?"

뻐근한 통증을 참아 내며 억지로 몸을 일으켜 이리저리 몸을 뒤틀어 보던 모용기는 문득 스쳐 지나가는 싸늘한 바람에 흠칫 몸을 떨었다.

"제길, 이러다 죽겠다. 일단 불부터 피워야겠는데……."

모용기가 어둠 속에서 고개를 휘휘 돌렸다.

"땔감은 있는 것 같고…… 불씨는 어떻게 구한다?"

가슴에 느껴지는 통증보다 이게 더 시급한 문제였다. 제법 싸늘해진 날씨에 얼음장 같은 물속에서 한동안 허우적거리다 보니 한기가 뼛속까지 파고들었던 것이다.

잠깐 고민을 하던 모용기는 냉큼 고개를 젓더니 축 늘어진 철소화에게 다가갔다.

찰싹! 찰싹!

"얌마! 야! 정신 좀 차려 봐! 얌마!"

매서운 모용기의 손길에 철소화가 더는 참아 내지 못하고 어렵사리 눈을 떴다.

"어? 기아 오…… 아! 아야! 그만 때려!"

철소화가 거칠게 모용기를 밀쳐냈다.

"윽!"

다친 곳이라도 건드린 것일까?

모용기가 저도 모르게 신음을 흘렸다.

철소화가 짜증을 내던 것도 잊고 걱정이 가득한 얼굴로 얼른 모용기에게 달라붙었다.

"오, 오빠! 괜찮아?"

"네 눈에는 이게 괜찮아 보이냐?"

"그러게 뺨은 왜 때려? 나도 아프니까 놀라서 그런 거 아니야?"

"그럼 그대로 내버려 둬? 그러다가 죽어, 인마."

"뭔 소리야? 내가 죽긴 왜 죽어? 이 정도로는…… 어라?"

입술을 삐죽거리며 쫑알거리던 철소화가 한순간 모용기가 그랬듯 몸을 부르르 떨었다.

"으으…… 뭐가 이렇게 싸늘해?"

"그렇다니까. 정신 차렸으면 땔감이나 좀 모아 와."

철소화가 눈을 동그랗게 뜨더니 이내 손가락으로 자신을 가리켰다.

"땔감? 내가?"

"그럼 누가 해? 나 아프다고."

"나 그런 거 해 본 적 없는데?"

"그럼 이참에 해 보면 되겠네."

"말도 안 되는 소리를…… 나 진짜 안 해 봤다고!"

"그럼 어쩌자고! 나 진짜 죽겠다고!"

버럭 소리를 지른 탓일까?

가슴에서 짜르르 통증이 밀려왔다.

"으윽!"

신음을 흘리며 얼굴을 잔뜩 일그러뜨리는 모용기의 모습에, 눈을 흘기던 철소화가 다시금 걱정 어린 얼굴을 했다.

"오빠, 괜찮아?"

"으윽…… 안 괜찮다고. 얼른 땔감이나 모아 와."

다시 땔감으로 생각이 미치자 철소화가 난감한 얼굴을 했다.

그러나 다른 방법이 없다는 것을 깨닫는 데는 오랜 시간이 걸리지 않았다.

"알았어. 내가 해 볼게."

철소화가 결연한 얼굴을 하더니 자리에서 벌떡 일어섰다.

그리고는 주섬주섬 걸음을 옮기더니 땔감을 찾기 시작했다.

그 뒷모습을 보던 모용기가 쯧 하고 혀를 찼다.

"아주 대단한 일 한다. 저거 땔감이나 제대로 모아 올 수 있으려나 모르겠네."

혹시나 했는데 역시나였다.

"오빠, 내가 다 모아 왔어."

나무쪼가리를 잔뜩 모아 와서 뿌듯한 얼굴을 하는 철소화를 보며 모용기가 난감한 얼굴을 했다.

"이거……."

"왜? 뭐가 잘못됐어?"

순진한 얼굴을 하는 철소화를 보며 모용기가 한숨을 푹 내쉬었다.

죄다 젖어 있었기 때문이다.

"왜? 뭔데?"

"됐다, 됐어."

모용기가 체념한 얼굴로 철소화가 모아 온 땔감을 뒤적거렸다.

다행히도 바싹 마른 나뭇가지 몇 개가 섞여 있었다.

"이거면……."

모용기가 눈빛을 반짝이고는 다시 철소화를 쳐다봤다.

"왜? 또 뭔데?"

"뭐긴 뭐야? 이거 좀 비벼 봐."

간신히 불을 피워 잔뜩 얼어 있던 몸을 녹이던 그 때, 불행 중 다행으로 때마침 해가 뜨기 시작하며 위기를 넘길 수 있었다.

한숨을 돌린 모용기가 그제야 편안한 얼굴로 눈이라도 좀 붙여 보려는 찰나, 이번에는 허기가 몰려오며 그를 괴롭히기 시작했다.

그리고 이번에는 철소화가 조금 더 빠르게 반응했다.

철소화가 모용기의 눈치를 봤다.

"오빠, 나 배고픈데……."

말꼬리를 길게 늘이는 철소화가 귀여운지 모용기가 픽 웃음을 흘렸다. 그리고는 선선히 고개를 끄덕였다.

"아무래도 뭘 좀 먹어야겠지?"

철소화가 반색을 하며 정신없이 고개를 끄덕였다.

"안 그래도 그 썩을 놈들이 먹을 걸 제대로 안 줘서 쫄쫄 굶었다고. 오빠, 뭐 먹을 거 있어?"

그러나 철소화의 기대가 무너진 것은 한순간이었다.

모용기가 냉큼 고개를 저었다.

"그런 게 있을 리가 있냐?"

"뭐야? 먹을 거 없어?"

"당연한 거 아냐? 너 구하러 온 거라고. 먹을 걸 챙겼겠어?"

철소화가 눈을 동그랗게 뜨다가 이내 얼굴을 확 구겼다.

"뭐야? 그럼 그런 소리는 왜 한 거야? 괜히 기대하게."

모용기가 대답 대신 자신들이 떨어져 내렸던 연못으로 시선을 돌렸다. 모용기의 시선을 따라가던 철소화가 의아함이 가득한 얼굴로 질문했다.

"왜? 저기 뭐가 있어?"

"아마 물고기가 있지 않을까?"

철소화가 눈을 반짝였다.

"물고기!"

마침 불도 피웠겠다, 구워 먹으면 맛있겠다는 생각에 입가에 침이 고이기 시작한 철소화가 얼른 모용기에게 시선을 돌렸다.

"뭐 해? 빨리 가서 고기 잡……."

그러나 자신을 멀뚱멀뚱 쳐다보고 있는 모용기의 모습에 철소화의 목소리가 조금씩 낮아졌다. 그리고는 조금은 불안한 얼굴로 어렵사리 입을 열었다.

"그, 근데 물고기는 누가 잡아?"

모용기는 여전히 대답이 없었다. 똘망똘망한 눈으로 철소화를 쳐다보기만 할 뿐이었다.

철소화가 울상을 하며 검지로 자신을 가리켰다.

"또 나?"

모용기가 괜히 가슴을 쓰다듬으며 말했다.

"나 아파."

철소화가 울상을 했다.

"씨!"

역시 다쳤을 땐 잘 먹고 푹 쉬는 것이 최고다.

열흘 동안 생선만 먹었으니 잘 먹었다고는 할 수 없었지만 허기를 달래기에는 충분했고, 그 덕에 휴식에 전념할 수 있었던 것이다.

모용기가 가슴을 쓰다듬었다.

"다행히 어디 부러진 건 아니었나 보네."

통증이 심해서 어디 부러지지 않았을까 걱정했는데, 그 정도는 아니었던 것이다.

이제는 흔적도 없이 사라진 통증에 모용기가 만족한 얼굴을 하고 있던 그때, 철소화가 양손에 생선을 펜 꼬치를 들고 오며 모용기를 쳐다봤다.

"오빠, 밥 먹을 시간이야."

모용기가 얼굴을 찡그렸다.

"또 생선이야?"

"당연하지. 그거 말고 또 뭐가 있겠어?"

"이거 진짜 물리는데. 아니, 물리는 건 둘째 치고 하도 생선만 먹었더니 몸에서 비린내가 나는 것 같다고."

"배부른 소리 한다. 이거라도 있는 게 어디야? 그게 아니면 쫄쫄 굶어서 벌써 죽었을지도 모르는데."

모용기가 한숨을 푹 내쉬며 생선을 받아 들었다.

그나마 다행인 점은 죄다 타서 제대로 먹지도 못했던 처음보다는 실력이 늘었는지, 노릇노릇하게 구워진 생선이 먹음직스럽게 보였다는 점이다.

모용기가 생선을 덥석 베어 물었다.

"으음……."

하나 그래 봐야 생선일 뿐이다.

조금 시간이 지나면 특유의 비릿한 맛이 입안 가득 퍼져나가는 그 생선이 맞았다.

억지로 꾸역꾸역 씹어 넘기던 모용기가 결국 반도 채 먹어치우지 못하고는 꼬치를 내려놨다.

내색하진 않았지만 물리는 것은 그녀 또한 마찬가지였는지, 모용기와 비슷한 얼굴로 생선을 씹어 넘기고 있던 철소화가 그를 쳐다봤다.

"왜? 그만 먹게?"

모용기는 대답 대신 시선을 들었다.

끝이 보이지 않을 정도로 높은 절벽.

모용기가 난감하다는 얼굴을 하며 중얼거렸다.

"빠져나가긴 해야겠는데……."

숯검정을 덕지덕지 묻힌 얼굴의 철소화가 유난히 빛나는 눈으로 모용기를 쳐다봤다.

"응?"

그러나 모용기는 아무런 대꾸도 없이 자리에서 벌떡 일

어서더니 검을 뽑아 들었다.

철소화가 의아하다는 얼굴로 모용기를 쳐다봤다.

"검은 갑자기 왜?"

모용기는 이번에도 대꾸가 없었다.

그리고는 어느새 새파란 검기에 둘러싸인 검을 냅다 집어 던졌다.

쉭! 푹!

절벽 위에 푹 들어박힌 모용기의 검 자루가 대롱대롱 흔들렸다.

여전히 의아하다는 얼굴을 하는 철소화가 입을 열기도 전에 모용기가 바닥을 콕 찍었다.

그리고는 단숨에 검 자루를 딛고 서며 균형을 잡았다.

"이 정도면······."

비스듬하다는 걸로도 모자라 거의 아래로 향하고 있는 검 자루 위로 용케 균형을 잡고 있는 모용기였다.

묘기와도 같은 모습에 철소화가 저도 모르게 입을 헤벌렸다.

"와······."

그러나 모용기는 어느새 철소화의 앞에 불쑥 튀어나오며 손을 내밀었다.

철소화가 입가에 흐르는 침을 슥 닦으며 모용기를 쳐다봤다.

"응? 왜?"

"네 검 좀 줘 봐."

"내 검?"

철소화가 의아하다는 듯이 고개를 갸웃거리면서도 제 검을 순순히 내밀었다.

"이건 왜?"

"왜긴 왜야? 빠져나가야지. 평생 여기 있을 생각은 너도 없잖아."

"그렇긴 한데……."

철소화가 불안하다는 얼굴을 했다.

그리고는 절벽을 올려다보며 입을 열었다.

"그게 되겠어?"

"나도 몰라. 그래도 일단 시도는 해 봐야지."

그리고는 다시 검을 집어 던질 준비를 하는데, 철소화가 불쑥 모용기의 팔을 움켜쥐었다.

"그럼 난?"

"응?"

"난 어쩌라고? 설마…… 오빠 혼자 올라가겠다는 건 아니지?"

모용기가 당황한 얼굴을 했다.

"그럼 같이 가겠다고?"

"당연한 거 아냐? 나 혼자 여기서 어떻게 있으라고?"

"아니, 일단 내가 올라가서……."

그러나 말을 끝까지 잇지 못하는 모용기였다. 철소화가
그의 등에 찰싹 달라붙었기 때문이다.

모용기가 얼굴을 구겼다.

"너 이게 뭐 하자는……."

"싫어. 나도 데려가."

"아니, 그게 그러니까……."

"싫어! 죽어도 안 떨어질 거야! 나도 데려가! 나도 이제는
생선 먹기 싫다고!"

찰싹 달라붙은 탓에 고스란히 전해지는 철소화의 체온을
느끼며 모용기가 난감한 얼굴을 했다.

"그러니까…… 단연애를 기어올랐다고요?"

정주형이 질렸다는 얼굴로 골똘히 생각에 잠긴 모용기를
쳐다봤다.

철소화가 냉큼 고개를 끄덕였다.

"응."

이번에는 임무일이 황당하다는 얼굴로 끼어들었다.

"그것도 생선이 먹기 싫어서?"

철소화가 얼굴을 찡그렸다.

"에이 씨. 말이 또 왜 그렇게 돼?"

"그럼 아냐?"

"아니거든? 당연히 아니지!"

그러나 임무일은 이미 제 생각에 갇힌 지 오래였다.

"미친! 아무리 생선이 먹기 싫어도 그렇지, 거기가 어디라고 기어올라?"

"그러니까 아니라고!"

철소화가 빽 소리를 질렀지만 모두가 임무일과 비슷한 얼굴을 하고 있었다.

철소화가 제 말이 먹히지 않는다는 것을 알고 얼굴을 찡그리는데, 먼저 정신을 차린 철무한이 입을 열었다.

"그래서 단연애는 결국 기어올랐고? 그게 가능하다고?"

"당연히 그냥은 안 되고…… 그거 기어오르느라고 기아 오빠랑 나랑 개고생했다고."

"개고생?"

"응. 올라가다가 배고파서 다시 내려오고. 한 번은 힘 빠져서 다시 내려오고."

철무한이 당연하다는 얼굴로 고개를 끄덕였다.

"그렇다니까. 거기가 쉬운 곳이 아니라고. 그런데 어떻게 올라온 거야? 누가 도와준 거야? 혹시 정 숙부님이……."

철무한이 정인훈을 거론하자 정주형이 귀를 쫑긋거렸다. 그러나 철소화는 고개를 저었다.

"숙부님은 오다가 만난 거야. 숙부님이 어떻게 알고 우릴 거기서 꺼내 줘?"

"그, 그럼?"

철무한의 재차 이어진 질문에 철소화가 모용기를 쳐다봤다.

"기아 오빠가 임독양맥이 열려서……."

철무한이 입을 쩍 벌렸다.

"임독양맥?"

그뿐만이 아니었다. 다른 아이들 역시 마찬가지였다. 어지간해서는 감정을 표현하지 않는 명진조차도 이 순간만큼은 눈을 동그랗게 뜨고 모용기를 쳐다봤다.

그러나 철소화는 무언가 치가 떨린다는 얼굴로 이를 박박 갈며 말했다.

"하필 절벽 올라가다가 임독양맥이 열려서 저 오빠가 정신 놓는 바람에 진짜 죽을 뻔했다고."

"헉헉……."

모용기의 숨소리가 점점 더 거칠어지기 시작했다.

세 번이나 같은 상황을 맞이하자 앞으로 벌어질 일들이 대충 짐작되기 시작했다.

모용기의 등 뒤에 찰싹 달라붙어 있던 철소화가 한숨을 푹 내쉬기 시작할 무렵, 아니나 다를까 모용기가 기어이 입을 열며 투덜거리기 시작했다.

"헉헉…… 뭔 놈의…… 헉헉…… 더럽게 높네."

모르고 시작한 일은 아니지만 막상 겪어 보고 나니 강도가 달랐다.

제법 쌀쌀한 날씨에도 온몸이 땀으로 흠뻑 젖을 정도였다.

"내, 내가 미쳤지. 어쩌자고 이딴 걸 기어올라서…… 아무래도 제정신이 아니었던 것 같아…… 이건 좀 너무하지 않아?"

뒤늦게 후회가 밀려왔다.

제 손으로 시작한 일임에도 뭐가 그렇게 억울한지 쉴 새 없이 투덜거리는 그였다.

개중에는 듣기에 거북한 말도 꽤나 섞여 있었던 탓에 듣는 사람 입장에서는 저도 모르게 짜증이 불쑥불쑥 치솟아오를 정도였다.

그러나 철소화는 여전히 입을 꾹 다물고 있었다.

'괜히 엄한 화살이라도 날아오면……'

그건 더 짜증이 나는 일이다.

그러나 원래 엄한 화살은 상대를 가리지 않는다는 것을 미처 생각하지 못한 잘못이 있었다.

"근데 너……."

"으, 응? 왜?"

"왜긴 왜야? 조그마한 게 뭘 먹었길래 이렇게 무거워? 너 대체 무게가 얼마나 나가는 거야?"

철소화가 저도 모르게 미간을 좁혔다.

"뭔 소리야? 내가 어딜 봐서 무겁다는 건데?"

"보긴 뭘 봐? 굳이 볼 필요도 없고 온몸으로 느껴지는구만. 내가 이거 발목 두꺼울 때부터 알아봤어야 하는 건데."

철소화의 얼굴에 빠직하며 금이 갔다.

"내 발목이 어디가 어때서! 그보다 내 발목이 두꺼운지 아닌지는 오빠가 어떻게 아는 건데? 나 몰래 훔쳐본 거지? 이 씨! 이게 누구 허락받고……."

"훔쳐보긴 뭘 훔쳐봐? 애가 진짜 큰일 날 소리하네."

"그게 아니면 오빠가 어떻게 아는 건데? 훔쳐본 거 맞잖아!"

"아니라니까! 물에서 허우적거리다가 너 건지려고 손 뻗었는데 그때 발목이 걸린 거라고!"

"그러니까 지금 내 허락도 없이 내 몸에 손을 댔다는 거지? 누가 그러래? 이거 어떻게 책임질 거야?"

"그럼 정신줄 잡고 네가 알아서 빠져나오든가. 그러지도 못한 주제에 책임은 개뿔! 어쨌건 발목이 두툼할 때부터 알아봤어야 하는 건데…… 내가 미쳤지. 어쩌자고 이런 걸 달고 올라와서……."

"아, 아니거든! 물에 불은 거거든!"

철소화가 대구에 모용기가 픽 웃음을 흘렸다.

"너는 무슨 뼈도 물에 불어? 어디 가서 말하면 기사라고 동네방네 소문날걸?"

"이 오빠가 진짜!"

철소화가 발끈한 얼굴로 저도 모르게 모용기의 머리채를 잡아챘다.

방심하고 있다가 머리채를 잡아채인 모용기가 갑작스런 통증에 화들짝 놀라더니 몸을 휘청거렸다.

"아야! 으허헉!"

모용기의 신형만 휘청거린 것이 아니다. 모용기가 딛고 있던 검 자루도 훅 휘어지더니 출렁거렸다.

심장이 철렁하는 느낌에 철소화가 자지러져라 비명을 질렀다.

"꺄아악!"

"시, 시끄러! 이거 좀 놔 봐! 빨리!"

"어? 어?"

"이거 좀 놓으라고! 이러다가 진짜 죽어!"

모용기가 버럭 소리를 지르자 철소화가 움찔하더니 냉큼 머리채를 잡은 손을 놓고 그의 등에 찰싹 달라붙었다.

모용기가 간신히 균형을 잡고는 한숨을 내쉬더니 철소화를 흘겨봤다.

"이게 진짜! 죽고 싶어? 죽고 싶어서 그래? 누구 머리를 잡아채?"

"오, 오빠가 먼저 약 올렸잖아!"

"그게 뭐가 중요해? 지금 우리가 어떤 상황인지 몰라서 그래? 가릴 건 가려야 할 거 아냐?"

모용기의 다그침에 철소화가 움찔한 얼굴로 목소리를 낮췄다.

"미, 미안……."

풀이 죽은 얼굴에 모용기가 한숨을 푹 쉬다가 주위를 휘휘 둘러봤다.

"왜? 쉬게?"

"그래. 이대로는 죽어도 안 되겠다. 일단 좀 쉬어야겠어. 밥도 좀 먹고."

밥 얘기를 하자 햇볕에 말려서 불에 바짝 구운 생선이 떠올랐다. 지금도 코끝에 은은히 맴도는 비린내는 그 생선의 여파였다.

"그거라도 있으니까 버티는 거지. 그보다……."

얼굴을 찡그리던 모용기는 이내 고개를 휘휘 저으며 다시 주위를 살폈다.

이윽고 절벽 사이로 형성된 공간이 그의 시야에 들어왔다. 엉덩이만 간신히 걸칠 정도로 좁은 공간이었지만 그 정도로도 충분했다.

"좋아."

고개를 끄덕인 모용기는 자신이 밟고 있던 검을 불쑥 뽑아 들었다. 그리고는 곧바로 벽면의 작은 틈을 박차며 몸을 날렸다.

단 한 번의 몸짓으로 자신이 의도했던 곳에 올라선 모용기가 비로소 긴장했던 근육을 풀어내며 철소화를 돌아봤다.

"야, 이제 좀 떨어지지?"

"응?"

철소화가 눈을 동그랗게 떴다. 그리고는 모용기가 딛고 있는 공간을 힐끔 내려다보고는 새하얗게 질린 얼굴로 입을 열었다.

"여, 여기 너무 좁은데?"

"엉덩이 걸치긴 충분해."

"하, 하지만……."

"하지만이고 뭐고 당장 떨어져. 나도 좀 쉬어야할 거 아냐? 너 업은 뒤로는 제대로 쉬지도 못했다고."

철소화가 울상을 했다.

"무, 무서운데……."

"무섭긴 개뿔! 진짜 무서운 게 뭔지 알아? 진짜 무서운 건 저 밑에 내려갔다가 다시 올라오는 거야. 너 그 짓 또 할 자신 있어?"

철소화가 고개를 도리도리 저었다.

"아니, 그건 아니고……."

"그러니까 얼른 떨어져. 그래야 좀 쉬지."

"아, 알았어."

철소화가 더듬더듬 말을 더듬으며 모용기의 목에 둘렀던 팔을 풀었다.

그리고 조심스러운 동작으로 좁은 공간에 발을 디뎠다.

모용기가 한숨을 푹 쉬었다.

"숨넘어가겠다, 이 자식아. 그거 하는데 하루 종일 걸려?"

그리고는 툭 하고 몸을 띄우더니 작은 공간에 그대로 엉덩이를 걸쳤다.

철소화가 기겁을 했다.

"으헉! 지금 그게 뭐 하는 짓이야! 위, 위험하게!"

"위험하긴. 시끄럽고 얼른 앉기나 해."

모용기가 자신의 옆자리를 탁탁 두드렸다.

불안한 눈초리로 쳐다보던 철소화는 조심스럽게 다리를 굽히며 자리를 잡았다.

그러나 모용기처럼 허공으로 다리를 뻗을 엄두는 내지 못했다.

한쪽으로 곱게 포개진 두 다리가 꽤나 조신해 보였다.

모용기가 새삼스럽다는 얼굴로 철소화를 쳐다봤다.

"뭐야? 너 그렇게도 앉을 줄도 알았어?"

"시, 시끄러! 얼른 밥이나 먹어!"

철소화가 얼굴을 빨갛게 붉히며 어느새 품에서 꺼낸 생선을 집어 던졌다.

쉭 하고 얼굴을 노리며 날아드는 생선을 가볍게 낚아챈 모용기는 픽 웃음을 흘리더니 생선을 물어뜯었다.

"아, 진짜 지겹네."

오물거리며 생선을 물어뜯던 철소화가 모용기를 쳐다봤다.

"그럼 어떻게 해? 먹을 게 이것밖에 없는데. 언제는 이거라도 있어서 버티는 거라고 하더니?"

"그렇긴 하지. 그래도 물리는 건 물리는 거야."

별다를 것 없는 일상적인 얘기를 두런두런 나누는 사이 어느새 뼈만 남겨진 생선을 아무렇게나 집어 던진 모용기는 양손을 탁탁 털며 철소화를 돌아봤다.

아직까지도 오물거리며 생선을 뜯고 있던 철소화가 의아하다는 얼굴을 했다.

"왜?"

"아무래도 운기를 좀 해야 할 것 같은데……."

모용기의 말에 철소화가 씹고 있던 생선도 잊은 채 침을 튀겼다.

"뭐, 뭐? 오빠 미쳤어? 여기가 어디라고 운기를 해?"

"그럼 어떻게 해? 이러다간 힘 다 빠져서 다시 내려가지도 못하겠는데."

거의 한계라고 생각했다.

그나마 기의 수발이 자유로운 모용기 자신이라서 이 정도라도 버틴 것이지 다른 이였다면 반도 채 오르지 못하고 꼬꾸라졌을 것이다.

철소화도 그 점을 어렴풋이 알고는 있었지만 여전히 불안하다는 얼굴로 모용기를 쳐다봤다.

"하, 하지만⋯⋯."

"괜찮아. 나도 여기서 정식으로 운기할 생각은 없어. 잠깐 숨 돌릴 정도만 할 거라서 오래 걸리진 않을 거야."

모용기의 말에도 철소화의 눈동자는 여전히 불안정하기만 했다. 그러나 별다른 방법이 없다는 것을 어렵지 않게 알아채고는 어쩔 수 없다는 얼굴로 입을 열었다.

"지, 진짜지? 빨리 끝내야 해?"

그러나 여전히 불안한 마음을 누를 수는 없는지 목소리가 가늘게 떨려 나왔다.

모용기가 아무렇지도 않다는 얼굴로 히죽 웃으며 고개를 끄덕였다.

"그렇다니까. 걱정할 것 없어. 금방 끝나."

"진짜 금방 끝내야 한다? 여기 진짜 위험하다고."

"알았다니까."

그리고는 철소화가 마음이 바뀔 새라 냉큼 눈을 감아 버렸다.

철소화는 입에 물고 있던 생선을 내렸다. 더는 입맛이 없어진 탓이다.

하나 먹을 게 궁한 탓에 차마 버리지는 못하고 남은 생선을 품 안에 갈무리한 철소화는 물끄러미 모용기를 쳐다보기만 했다.

천 길 낭떠러지의 작은 공간에 겨우 엉덩이만 걸친 위험천만한 상황에서도 운기를 하고 있는 모용기의 얼굴은 이질적이게도 평온해 보이기만 했다.

그 모습에 마음이 동한 철소화가 저도 모르게 슬그머니 손을 뻗다가, 모용기의 뺨에 손이 닿으려 하는 순간 움찔하며 손을 멈칫거렸다.

"아…… 큰일 날 뻔했네."

무공을 익힌 이가 가장 약해지는 시점이 바로 지금이다. 무공의 고하는 아무런 상관이 없었다. 작은 충격에도 목숨을 잃을 수도 있는 상황이다.

철소화가 가만히 안도의 한숨을 내쉬며 손을 접으려는 순간.

모용기가 눈을 번쩍 떴다.

의외의 상황에 철소화가 당황한 얼굴을 했다.

"어?"

그러나 모용기는 아무런 말이 없었다.

대신 표정으로 많은 것을 표현했다.

무언가 당황스러워하는 감정을 바닥에 깔고 조금은 희열이 느껴지는 듯한 얼굴도 엿보였다.

약간의 공포도 서려 있는 듯했고, 절박함 같은 감정도 희미하게 느껴졌다. 그중에는 철소화, 자신에 대한 걱정스러움도 묻어나는 듯했다.

다양한 감정을 품고 있는 모용기의 얼굴에 철소화가 혼란스러워하는 사이.

눈알을 데굴데굴 굴리던 모용기가 다시 눈을 감아 버렸다.

"어? 오빠!"

임무일이 황당하다는 얼굴을 했다.

"그러니까…… 벽에 달라붙은 채로 임독양맥이 열려 버렸다고?"

"그렇다니까? 저 오빠가 삼 일이나 정신을 놓는 바람에 내가 진짜 죽는 줄 알았다고."

"사, 삼 일이나?"

"그렇다니까."

"미, 미친! 니들 어떻게 살아 있는 거야? 넌 그렇다 쳐도 쟤는 조금만 충격을 받아도 골로 가는데."

"안 그래도…… 내가 그것 때문에…… 바람 같은 거야 어쩔 수 없다 해도, 새떼가 달라붙을 때는 진짜 돌아 버리겠더라고. 그거 다 막아 내느라 고생한 것 생각하면 내가 아직도 치가 떨린다고."

철소화가 바득바득 이를 갈았다.

다들 믿기지 않는 기사에 입을 헤벌리고 철소화를 쳐다보고 있는데, 그 순간 모용기가 자리에서 벌떡 일어서며 입을 열었다.

"네가 새새끼 다 죽여 버리겠다고 길길이 날뛴 덕분에 새고기는 실컷 먹었잖아."

"그것도 나중에 절벽 기어오르고 난 뒤의 일이지! 그때는 진짜 죽는 줄 알았다니까?"

반사적으로 대꾸하던 철소화가 한순간 눈을 동그랗게 떴다.

"어라? 오빠, 언제 일어난 거야?"

"방금. 그보다……"

모용기가 철소화의 물음에 건성으로 대꾸하며 고개를 틀었다.

철소화의 얘기에 정신이 팔려 있던 명진이 뒤늦게 기척을 느끼며 자리에서 일어섰다.

"넌 또 왜 그래?"

철무한이 미간을 좁히며 명진을 돌아보려는 찰나.

임한상이 방문을 벌컥 열어젖히며 들어섰다.

"어? 숙부님……."

철소화가 가장 먼저 반응하며 자리에서 일어서려 했지만 임한상이 손을 저어 철소화를 만류했다.

"되었다. 너희도 마찬가지고."

그리고는 임한상이 모용기와 눈을 맞췄다

"어르신께서 찾으신다."

"어르신이면…… 괴의?"

모용기의 물음에 임한상이 고개를 끄덕였다.

그러자 철무한이 자리에서 일어서며 끼어들었다.

"할아버지께서요? 무슨 일이시지? 그럼 저희도……."

그러나 임한상이 고개를 저었다.

그리고는 모용기와 다시 시선을 맞췄다.

"너만 보자 하시는구나."

철자강의 맥을 짚고 있던 유진산이 손을 뗐다.

"맥은 안정적이구나."

모용기와 맞서느라 조금 흔들린 감이 있지만 큰 문제는 아니었다.

적절한 치료를 병행하면 어렵지 않게 독을 씻어낼 수 있을 것이다.

그러나 유진산의 얼굴은 여전히 굳어진 상태였다.

철자강이 유진산을 쳐다봤다.

"혹 다른 문제라도……."

"아, 아니다. 꽤 오랜만에 보는 독이라 잠깐 생각을 좀 한 게다."

"오랜만에 보는 독이라고요?"

"독이라기엔 좀 그렇고 보통은 약으로 쓰이는 건데, 이 게 좀 독한 면이 있어서 필요 이상으로 복용하면 결국에는 독이 되고 마는 것이지."

"그게 무엇입니까?"

"칠정산이다."

"칠정산?"

처음 들어 보는 명칭에 철자강이 의아하다는 얼굴을 했다.

"들어 본 적이 없습니다만……."

"그럴 만도 하지. 내 말하지 않았느냐? 꽤 오래 전에 자취를 감춘 것이라고."

"오래 전이라면……."

"한 반갑자 정도 되나? 정사대전 때 마지막으로 접했으니까 그보다는 좀 더 짧은 것 같기도 하고."

"정사대전 말입니까? 그때 사라진 것이 왜 지금에 야……."

"그러니 내가 고민을 했던 것 아니냐? 이럴 줄 알았으면 위강이 놈을 그리 쉽게 죽이는 것이 아니었는데."

유진산이 아쉽다는 얼굴을 했다.

그와 달리 철자강은 조금은 딱딱한 얼굴을 했다.

척을 지고 서로 대립했다고는 하나 어디까지나 한 피를 나눈 혈육이었다.

마음이 꽤나 무겁다는 느낌이 들었다.

그런 철자강의 기색을 눈치 챈 유진산이 얼굴을 찡그렸다.

"그러게 내 뭐랬느냐? 진즉에 내보내라고 하지 않았더냐? 위강이 그놈은 영강이와 다르게 욕심이 많은 놈이라서 분명 분란이 일어날 것이라고 누누이 말했건만."

그 점은 철자강 역시 어렴풋이 알고 있던 사실이었다. 그러나 천성이 그렇게 모질지 못한 것이 문제였다. 그리고 철위강을 다스릴 수 있을 것이라는 자신감이 있었던 것도 한몫했다.

'위강이를 다스리지 못했지.'

하나 결국은 자신이 틀렸다. 그 점을 깨끗하게 인정하는 철자강이었다.

"제 생각이 짧았습니다."

그러나 철자강의 얼굴에는 여전히 무거운 기색이 남아 있었다. 유진산이 쯧 하고 혀를 차며 다시금 입을 열었다.

"마음이 여린 것이 무조건 좋은 게 아니다. 때로는 독하게 잘라 낼 줄도 알아야 하는 것이야. 특히 일문의 지도자라면 더욱 더. 그게 아니면 지금처럼 더 큰 문제로 되돌아올 테니까."

"명심하겠습니다."

철자강이 조금은 딱딱한 얼굴로 대꾸했지만 유진산은 여전히 못 미덥다는 얼굴이었다.

평소라면 그저 혀를 한 번 차는 것으로 족하겠지만 이번에는 유진산이 다시 목소리를 냈다.

"그…… 성한이라고 했던가? 위강이 아들놈은 어떻게 했느냐?"

"예? 성한이는 왜……."

"싹을 잘라야 할 것 아니냐? 후환을 키울 셈이냐?"

서릿발처럼 차갑게 보이는 유진산의 얼굴에 철자강이 처음으로 당황한 얼굴을 했다.

"아직 아이입니다."

"그래서?"

"제가 잘 가르치면……."

"위강이도 못 가르친 놈이 무슨. 그놈은 쉬워 보이고?"

유진산의 타박에 철자강이 입을 다물었다. 할 말이 없었기 때문이다.

그러나 끝내 철성한에 대해서는 이렇다 할 확답을 내놓지 않았다.

"네놈이 내놓지 않겠다면 내가 직접 찾겠다."

"장인어른."

"시끄럽다. 네놈이 뒈지든 말든 내 알 바가 아니다만, 무한이나 소화가 화를 입는 일은 없어야 할 것 아니냐? 정 네 손으로 처리하지 못하겠다면, 그냥 그 아이를 내게 들이밀고 지켜보기나 하거라."

이번에도 철자강은 대꾸가 없었다. 그러나 이전과는 조금 다른 기색의 침묵이었다. 그 차이를 알아본 유진산이 미간을 좁혔다.

"벌써 튀었느냐?"

"그렇습니다."

"위강이 놈 옆에 붙어 있던 놈들이 누구냐? 누구길래 이렇게 반응이 빨라?"

"지금 조사 중입니다."

"이제 와서?"

"사실 꽤 오래 전부터 조사 중이었습니다만, 꼬리가 쉽게 잡히지 않고 있습니다."

철자강의 대꾸에 유진산이 입을 다물며 고민을 하는 얼굴을 했다. 덩달아 심각해진 얼굴로 그런 그를 물끄러미 쳐다보기만 하던 철자강이 오래지 않아 조심스러운 얼굴을 하며 질문을 던졌다.

"무슨 생각을 하십니까?"

"아무래도 간단히 넘길 문제가 아닌 것 같다. 위강이도 그렇고 칠정산도 그렇고, 이 정도 일을 벌이려면……."

유진산이 말을 멈추고 침상에 누워 고이 잠이 든 제갈연을 힐끔거렸다.

그러나 철자강이 고개를 저었다.

"정무맹은 아닐 것입니다."

"확신할 수는 있고?"

"그건 아닙니다만, 정무맹주가 이런 짓을 꾸밀 정도로 여유가 있었다면 지금처럼 정무맹이 시끄러울 일은 없었을 테지요."

"흐음……."

유진산이 입을 닫으며 가만히 수염을 쓰다듬었다. 그러나 쉽게 답이 나오지 않는 문제였다. 지금으로서는 신중을 기하는 것 외에 별다른 방법이 없었다.

"그렇다 해도 정무맹에서 눈을 떼지 말거라. 모든 가능성을 열어 두어야 한다."

"명심하겠습니다."

"그리고……."

유진산이 문득 시선을 들었다.

그 순간 밖에서 임한상의 목소리가 들려왔다.

"어르신, 모용기를 데려왔습니다."

유진산이 고개를 끄덕였다.

"들어오너라."

그리고는 철자강에게 시선을 돌렸다.

"너는 그만 나가 보거라."

"예?"

"뭘 그리 놀라느냐? 네가 남아 있어서 뭘 하겠다고? 저 녀석 치료 방법이나 들을 셈이냐?"

유진산의 눈길을 따라 제갈연을 힐끔거린 철자강이 이내 자리를 털고 일어섰다.

"전 먼저 일어서겠습니다."

"그래. 처방문 써 줄 테니 믿을 만한 녀석에게 맡기고."

"알겠습니다."

등을 돌리던 철자강은 마침 방 안으로 들어서던 모용기를 마주했다.

철자강이 문득 걸음을 멈추며 모용기와 시선을 마주했다.

모용기가 의아하다는 얼굴을 했다.

"왜……?"

"아니다."

철자강이 고개를 저으며 다시 걸음을 옮겼다.

그리고는 모용기만 들릴 정도로 자그맣게 목소리를 냈다.

"제 주제에 누굴 넘봐? 어림도 없지."

모용기가 황당하다는 얼굴을 했다.

"아니, 내가 뭘?"

그러나 철자강은 이미 탁 소리를 내며 문을 닫아 버렸다.

모용기가 여전히 황당하다는 얼굴을 하는데 유진산의 목소리가 모용기의 귀를 잡아당겼다.

"이리 와서 앉거라."

"어……?"

철자강이 사라진 자리를 멀뚱멀뚱 쳐다보고 있던 모용기는 그제야 유진산의 앞으로 다가가 자리를 잡았다.

"모용기입니다."

그러나 유진산은 아무런 대꾸도 없이 모용기를 요리조리 살펴보기만 할 뿐이었다.

불편할 만도 하건만 모처럼 보는 익숙한 눈길에 모용기는 오히려 마음이 편해지는 듯한 느낌이었다.

모용기가 아무렇지도 않다는 얼굴로 차를 홀짝이고 있는데, 오래지 않아 탐색을 마친 유진산이 입을 열었다

"네가 소화를 구해 왔다고?"

"저 말고 또 있겠어요?"

"그럼 그 녀석들이 누군지도 알겠구나."

그러나 모용기는 어깨를 들썩일 뿐이었다.

"제가 그걸 어떻게 알아요?"

이 고개를 끄덕였다.

"당연하죠. 제가 하나 구해 왔으니까 영감님도 하나 구해
주시죠."

"지금 그걸 말이라고……."

"말이 안 될 건 또 뭡니까? 나 하나, 영감님 하나. 딱 공평
한데."

"아니, 그게 그러니까……."

"사실 공평한 건 아니죠. 내가 소화 구해 오려고 내 목숨
까지 걸은 것에 반해, 영감님은 그냥 치료하기만 하면 되는
것 아닙니까? 이거 어떻게 보면 내가 손해 보는 거라고요."

모용기의 말에 유진산이 얼굴을 찡그렸다.

"이놈아, 네놈이 손해를 보긴 무슨 손해를 봐? 임독양맥
도 열린 놈이 고작 신무문 따위를 상대로 목숨을 걸었다고?
말이 되는 소리를 해야지."

"그건 일이 일어난 뒤에 열린 거고, 처음엔 진짜 목숨 걸
었다니까요? 소화한테 물어보세요. 진짜 죽을 뻔했다고요."

모용기가 열변을 토하자 유진산이 떨떠름한 얼굴을 했
다.

"그, 그러냐?"

"그렇다니까요. 진짜 죽을 뻔했습니다. 그러니까 우리 연
아 좀 구해 주세요."

"우리 연아?"

모용기의 말을 되뇌며 유진산이 눈을 반짝였다. 잠시 다른 생각이 들었던 탓이다.

그러나 유진산은 얼른 그 생각을 털어 내며 모용기를 쳐다봤다.

"저 아이를 고치는 건 어렵지 않다. 그 전에 뭐 좀 물어보자꾸나."

"진짜요? 진짜 고칠 수 있어요?"

"물론이다. 시간이 좀 걸리긴 하겠지만 고치는 건 어렵지 않다. 그러니 일단 뭐 좀 물어보기부터 하자."

유진산의 확언에 모용기의 얼굴에 화색이 돌았다.

그리고는 냉큼 소매를 걷어붙이며 팔을 내밀었다.

유진산이 모용기의 하얀 팔을 멀뚱멀뚱 내려다보다 미간을 좁히며 말했다.

"이건 뭐냐?"

모용기가 히죽 웃었다.

"물어본다면서요? 살살 물어 보세요."

유진산이 얼굴을 와락 구겼다.

"이런 썩을 놈을 봤나!"

참룡
회귀록

斬龍回歸錄

참룡
회귀록

斬龍
回歸

44章.

추운 겨울이 가고 어느덧 조금은 온기를 품은 봄바람이
느껴졌다.

온통 하얀색으로 가득했던 들판에 푸릇푸릇한 새싹이 고
개를 쳐들기 시작했다.

소무결이 크게 숨을 들이켜더니 기분이 좋은지 얼굴을
환하게 밝혔다.

"이게 얼마 만에 마셔 보는 강호의 공기인지."

내색은 안 했어도 사실 많이 답답했었다.

중원이 좁다 하고 싸돌아다니던 자신이 좁디좁은 정무맹
안에만 갇혀 있으려니 죽을 맛이었다.

철장방을 지원하느라 잠깐 밖을 나가긴 했지만 그 정도

로는 부족했다.

비로소 숨통이 트이는 느낌이었다.

운현이 소무결의 옆으로 다가섰다.

"그렇게 좋냐?"

"당연하지. 이제 사람 사는 것 같지 않아? 가뜩이나 답답한데 어른들이 치고받고 난리쳐서 눈치까지 보느라 진짜 숨 막혀 죽을 뻔했다고."

"뭐, 치고받은 건 아니지만 숨 막혔던 건 사실이지."

홍소천이 정무맹에 제대로 발을 걸쳤다. 물밑에서 은근하게 오가던 권력 다툼이 수면 위로 드러나자 정무맹이 하루도 조용할 날이 없었던 게다. 그리고 그 싸움은 여전히 진행 중이었다.

정무맹을 벗어난 건 운현 자신도 다행이라 여겼다.

"근데 어디로 갈 거야? 당가로 갈 거야?"

운현이 당소문을 힐끔거리며 말했다. 그러나 소무결은 냉큼 고개를 저었다.

"아니."

운현이 눈을 동그랗게 떴다.

"어? 아니야? 당가부터 먼저 찾아가 보는 것 아니었어?"

"나도 그러려고 했는데, 소문이가 그보다 먼저 가야 할 데가 있다고 하더라고."

"먼저 가야 할 곳? 그게 기아나 연아보다 중요한 거야?"

"그건 나도 모르지. 근데 기아가 그러라고 했다고 하더라고."

소무결이 뒤따라오는 당소문을 쳐다봤다.

그 눈길을 눈치 챈 당소문이 고개를 끄덕였다.

소무결이 히죽 웃더니 목소리를 낮췄다.

"너 절강에 가 봤어?"

운현이 눈을 동그랗게 떴다.

"뭐? 어디?"

안휘와 절강의 경계.

그 경계선에 아슬아슬하게 걸쳐졌다고 생각하는 운현이 망설이는 얼굴을 했다.

"이거 진짜 건너가도 돼?"

그 모습을 보고 소무결이 픽 웃음을 흘렸다.

"그 자식 엄청 소심하네. 기껏해야 그 땅이 그 땅인데 뭘 그렇게 고민해? 어디 죽으러 가는 것도 아니고."

"야, 그걸 지금 말이라고…… 여길 넘어가는 순간 패천성이라고. 자칫 잘못하면 정사 간에 문제가……."

"문제는 개뿔. 고작 넘어가는 정도로 문제가 생길 거였으면 정사대전이 백번은 더 벌어지고도 남았을걸? 이 정도는 신경도 안 쓴다니까."

"아니, 이게 쉽게 생각할 게 아니라니까? 진짜 죽는다고."

"안 죽어, 자식아. 안 걸리면 돼."

"그러니까 그게 말처럼 쉽냐고? 그게 됐으면……."

"거참 말 많네. 그렇게 걱정되면 넌 그냥 돌아가. 다른 애들이랑 갈 거니까."

소무결이 흘리듯이 한 말에 운현이 솔깃한 얼굴을 했다.

"진짜? 그래도 돼?"

"뭐?"

소무결이 황당하다는 얼굴로 입만 벙긋거리고 있는데, 천영영이 다가오며 둘 사이에 끼어들었다.

"지금 농담이나 할 때야?"

"농담 아닌…… 아야! 왜 꼬집고 난리야?"

운현이 눈물을 찔끔하며 옆구리를 쓰다듬었다.

그러나 천영영은 운현을 흘겨볼 따름이었다.

"네가 말도 안 되는 소리를 하니까 그렇지."

"이게 어딜 봐서 말도 안 되는 소리야? 소문이 너도 이리 와서 말 좀 해 봐. 누가 말이 안 되는 소리를 하는지."

그러나 애초에 절강으로 가야 한다고 말을 꺼낸 것은 당소문이다.

당소문이 운현을 똑바로 쳐다보며 말했다.

"너."

"응? 뭐가?"

"말도 안 되는 소리를 하는 건 너라고."

"이것들이 진짜…… 너희들끼리 편먹고 지금 나만 따돌

린다 이거지?"

그때 백운설이 불쑥 끼어들며 아이들을 갈라놨다.

"그만 좀 해. 운현이 너, 여기까지 와서는 왜 이제 와서 딴소리야? 그럴 거면 처음부터 따라오지를 말았어야지."

별처럼 반짝이는 큰 눈동자가 시선을 어지럽혔다. 그러나 운현은 얼굴을 찡그리며 백운설을 밀어낼 따름이다.

"네가 왜 끼어? 넌 좀 빠져."

백운설 역시 운현과 마찬가지로 얼굴을 찡그렸다.

"나도 일행이거든?"

"일행은 개뿔. 너보고 같이 가자는 사람 아무도……."

운현이 멈칫하더니 천영영을 힐끔 쳐다보며 말을 정정했다.

"영영이만 같이 가자고 한 거고 그 외에는 아무도 없다고. 억지로 들러붙은 주제에 끼긴 어딜 껴?"

"누군 뭐 같이 가고 싶어서 그런 건 줄 알아? 사부님 때문에 어쩔 수 없었던 거라고. 나도 너랑 같이 가기 싫다고."

"그럼 잘됐네. 이쯤에서 헤어지자. 몇 년 오지에 콕 박혀 있으면 너희 사부가 알 게 뭐야? 그러니까…… 아얏!"

운현이 움찔하더니 또다시 옆구리를 쓰다듬었다.

천영영이 운현을 쏘아보며 말했다.

"그만 좀 하라고. 이건 틈만 나면 징징거려?"

"내가 뭘……."

불만이 가득한 얼굴로 항변을 하려던 운현은 끝까지 말을 잇지 못했다. 상큼하게 치켜 올라간 천영영의 눈매가 조금은 꺼림칙했기 때문이다.

운현이 가만히 고개를 돌렸다.

한번 차오른 불만이 쉽게 누그러지지 않는지, 여전히 잔뜩 찌푸린 얼굴을 하고 있던 운현은 기어이 화풀이 대상을 다시 선정했다.

"근데 저 자식은 언제까지 따라올 거래? 저거 계속 달고 다닐 거야?"

운현의 눈길을 따라 멀찌감치 서 있는 남궁서천을 확인한 소무결이 한숨을 쉬었다.

"그걸 왜 나한테 물어봐? 가라고 해도 기어코 따라붙는데. 정 불만이면 네가 직접 말해 보든가."

"진짜? 그래도 돼?"

반색을 하는 운현을 보며 소무결이 어깨를 들썩였다. 알아서 하라는 투였다. 이번에는 천영영도 별다른 말이 없었다.

남궁서천에게 여전히 앙금이 남아 있었던 운현이 히죽 웃으며 그에게 다가서려는데, 당소문이 운현의 소매를 낚아챘다.

"왜?"

"내버려 둬."

"그러니까 왜? 지금 같은 오대세가라고 감싸는 거야?"

당소문이 얼굴을 찡그렸다. 그러나 이내 고개를 저으며 입을 열었다.

"기아 녀석이 따라오겠다는 녀석이 있으면 그냥 두랬다."

운현이 눈을 동그랗게 떴다.

"진짜? 기아가 그렇게 말했어?"

"그래. 그러니까 그냥 둬."

"왜?"

"뭐가?"

"왜 그냥 두라고 했는데?"

"그건 나도 모르지."

다시금 고개를 젓는 당소문을 보며 모용기의 의도를 생각하느라 눈알을 또르르 굴리는 운현.

그러나 이내 눈매를 좁히며 남궁서천을 노려봤다.

"근데 기아도 저 자식이 저렇게 사고를 칠 줄은 몰랐겠지. 이건 뭐 건드리면 터지는 벽력탄도 아니고 일단 검부터 뽑아 드니까 미치겠다고."

그 부분은 당소문도 마땅히 대꾸할 말을 찾지 못했다. 자신 역시 불편하기는 마찬가지였기 때문이다.

운현이 입을 다무는 당소문을 보고 눈을 빛냈다.

"그러니까 이참에 떨쳐 내자. 이제까지는 정무맹 영역이라 조용했던 거지, 지금부터는 패천성 영역이라고. 가뜩이나 절강으로 넘어가는 판에 이대로 저걸 달고 다니다가는 진짜 큰일 난다고."

당소문이 입을 다문 채 남궁서천을 물끄러미 쳐다보다가 한순간 걸음을 옮기기 시작했다.

"어디 가?"

여전히 입을 다물고 남궁서천에게 다가간 당소문은 남궁서천과 무언가 얘기를 주고받는가 싶더니 곧 운현과 소무결에게 다가왔다.

운현이 당소문을 쳐다봤다.

"왜? 무슨 말 했는데?"

"이제 안 하겠단다."

"응? 뭐가?"

"싸움질. 누가 건드려도 참겠다는군."

"헐……."

운현이 어처구니가 없다는 얼굴로 남궁서천을 쳐다봤다. 그러나 곧 다시 얼굴을 찡그리며 당소문을 쳐다봤다.

"그 말을 어떻게 믿고?"

"제 입으로 한 말은 곧 죽어도 지키는 녀석이다. 걱정할 것 없어."

"걱정할 것 없기는 개뿔! 막상 닥치면 또 다르다니까? 그때가 되면 네가 책임질 거야?"

무엇이 그리 못마땅한지 여전히 의심을 품는 운현을 보며 당소문이 미간을 좁혔다. 멀뚱멀뚱 지켜보던 소무결이 그제야 끼어들며 둘을 갈라놨다.

"안 한대잖아. 이제 그만해. 그리고 소문이 너도 쟤한테 확실하게 말해. 짐 덩어리 달고 갈 생각은 더는 없으니까 또 그러면 쥐어 패서라도 떼어 놓고 갈 거라고."

소무결의 말에 백운설이 괜히 움찔 몸을 떨었다.

당소문은 백운설에게 관심도 주지 않은 채 고개를 끄덕였다.

"그러지."

소무결이 고개를 끄덕이고는 절강성 방향을 향해 몸을 돌렸다.

"이제 가자."

소무결이 크게 걸음을 내디뎠다.

운현이 여전히 불안한 눈으로 한숨을 푹 내쉬다가 어쩔 수 없다는 얼굴로 소무결의 뒤를 따랐다. 그리고는 여전히 못마땅하다는 눈으로 남궁서천을 힐끔거렸다.

"차라리 진성이가 따라붙을 것이지. 그 자식은 배운 게 얼만데 저런 놈한테 깨져? 자기보다 한참 느린 놈……."

말을 잇던 운현이 눈을 깜빡거렸다. 그동안 보지 않고 있던 것이 뒤늦게 떠오른 것이다.

"어? 그러고 보니까 저 자식도 꽤 빠르지 않았냐?"

운현의 혼잣말에 소무결이 고개를 끄덕였다.

"기본은 됐지. 그러니까 진성이가 깨진 거고."

"내 말이. 이거 좀 이상하지 않아?"

"뭐가 또?"

"아니, 그렇잖아. 장로님들이 가르치는 게 다 거기서 거긴데, 쟤가 어떻게 저렇게 빨라진 거냐고."

"그래 봤자 거기서 거긴데 뭘 그렇게 신경 써? 다른 애들보다 좀 빠른가 보다 하면 되는 거지."

"그게 문제가 아니고, 내 말은 쟤가 어디서……."

잠깐 적당한 말을 찾지 못해 머뭇거리던 운현은 잠깐 고민을 하는 듯싶더니 한순간 딱딱하게 얼굴을 굳혔다.

"저 자식! 저거 우리처럼 움직이는 것 맞지?"

형은 달랐지만 움직이는 방식은 비슷했다.

그동안 관심이 없어서 몰라봤던 것인데, 남궁서천이 움직이는 방식을 유심히 살피기 시작하자 그가 자신들과 같은 방식으로 움직이고 있다는 것을 어렵지 않게 알아볼 수 있었던 것이다.

운현이 빠드득 이를 갈며 검 자루에 손을 가져갔다.

"이 새끼가 이제 훔쳐 배우기까지 해?"

이건 심각한 문제였다.

천영영과 백운설도 그 점을 알아챘는지 남궁서천을 노려보기 시작했다.

그러나 당소문은 운현의 앞을 막아섰다.

운현이 당소문을 노려봤다. 운현의 목소리가 차갑게 가라앉았다.

"네가 아무리 감싸려 한다 해도 이건 안 돼. 저 자식은 선을 넘었다고."

"그거야 훔쳐 배웠을 때 하는 말이고."

당소문의 말에 뭔가 느껴지는 것이 있는 운현이었다.

그러나 기세가 수그러들기는커녕 오히려 더 날을 세우며 당소문을 노려봤다.

기어이 검까지 뽑아 들었다.

스르렁!

"뭐야? 네 녀석이 알려 준 거야? 누구 허락받고? 쟤는 진성이나 운설이랑은 다르다고. 진짜 죽고 싶어?"

운현이 낮은 목소리로 으르렁거렸다.

제법 기세를 돋우는지 얼굴이 따끔따끔했다.

그러나 당소문은 변명을 하는 대신 모르는 척 다른 곳을 보고 있는 소무결을 쳐다봤다.

"너 이 자식 지금 어딜……."

당소문의 시선을 따라가던 운현이 한순간 미간을 모았다.

모두의 시선이 한곳으로 모아지자 더 버티기가 어려워진 소무결이 어색하게 웃으며 손을 들었다.

"어…… 그게……."

운현이 얼굴을 와락 구겼다.

"야 이 개자식아!"

소무결의 호언장담대로 절강성으로 들어섰음에도 별다른 문제가 생기진 않았다.

의복부터 시작해서 정무맹의 색을 완전히 지워 낸 것이 도움이 된 것이라 생각했다.

덕분에 평소에는 꿈도 꾸지 못했을, 자신이 지내던 곤륜과는 전혀 다른 색채를 지니는 강남의 문화에 흠뻑 빠져들려던 운현은 천평산으로 접어들자 또 다른 문제에 봉착했다.

"헉, 헉! 제, 젠장!"

소주에서 가장 높고 험한 산봉우리를 자랑하는 천평산을 샅샅이 둘러보는 것은 절대로 쉽지 않은 일이었기 때문이다. 운현이나 천영영처럼 제법 내력을 갖춘 이들에게도 쉽게 속살을 허락하지 않으려는 듯, 가도 가도 끝이 없었다.

앞장서 가던 소무결이 문득 운현을 뒤돌아보며 한심하다는 듯한 얼굴을 했다.

"넌 집이 곤륜이면서 뭘 그렇게 헉헉대? 곤륜에 비하면 동산 수준 아니야?"

"동산은 무슨. 동산은 정무맹 뒷산 정도를 말하는 거고."

"어쨌건 곤륜에 비하면 아무것도 아니잖아. 그런데 뭘 그렇게 헉헉대?"

"그렇긴 하지. 그런데 곤륜을 이렇게 헤매고 다닐 일은 없거든. 미쳤다고 산을 다 뒤집고 다니겠어?"

운현의 말에 할 말이 없어진 소무결이 쩝 하고 입맛을 다셨다.

소무결이 걸음을 멈추자 그제야 숨을 돌린 운현이 뒤를 돌아봤다.

제법 잘 따르고 있었지만 다들 숨이 넘어가기 일보 직전인 듯 얼굴이 하얗게 질려 있었다. 어지간해서는 낯빛 하나 변하지 않는 남궁서천 역시 마찬가지였다.

"좀 쉬다 갈까?"

운현의 말에 소무결이 얼굴을 찡그렸다.

"또?"

"그럼 어떻게 해? 다들 죽어 가는데. 이러다간 목적지에 도착하기도 전에 우리가 먼저 죽겠다고."

소무결이 여전히 얼굴을 찌푸린 채 고개를 들었다. 자욱한 운무가 가득 낀 채 시야를 가리고 있었지만 해의 위치를 가늠하는 것은 어렵지 않았다.

"이거 또 노숙이네."

노숙이 싫은 건 운현 역시 마찬가지였다. 그러나 어깨를 으쓱하는 것 외에는 별다른 도리가 없었다.

"할 수 없잖아. 이 상태로 밤에 움직이는 건 진짜 미친 짓이라고."

소무결이 고개를 끄덕였다.

"그럼 오늘은 여기서 좀 쉴…… 어라?"

주위를 슥 둘러보던 소무결이 한순간 눈을 동그랗게 떴다.

운현이 고개를 갸웃거렸다.

"왜 또? 무슨 일인데?"

그러나 운현이 의문을 풀기에는 조금 더 시간이 필요했다.

어느새 다가선 당소문이 눈을 동그랗게 뜬 소무결을 향해 질문했다.

"너도 알아봤냐? 이거 아무래도……."

당소문이 말을 끝마치기도 전에 제 의문이 급했던 운현이 당소문의 말을 끊으며 끼어들었다.

"왜? 무슨 일인데?"

당소문이 제 말을 끊은 운현을 쳐다보며 미간을 좁혔다.

그러나 어차피 쏟아 내려 한 말이다.

당소문이 소무결을 힐끔거리며 말했다.

"아무래도 제자리에서 빙빙 돌고 있는 것 같다."

"제자리에서? 그게 뭔 말이야?"

운현이 눈을 동그랗게 뜨며 말했다.

당소문이 심각한 얼굴로 입을 열었다.

"아무래도…… 진법인 것 같다."

❖ ❖ ❖

후원을 가로질러 도지감으로 향하는 왕진의 얼굴은 잔뜩 일그러져 있었다.

"젠장!"

자신이 시작한 일은 아니라 하더라도 처음으로 손을 댄 중요한 일들이었고, 그 때문에 심혈을 기울였다.

아비라고 부르고는 있지만 피는 섞이지 않은 사이.

그 위험성을 잘 아는 왕진은 어떻게든 아비를 만족시켜 줄 필요성이 있었기 때문이다.

그러나 정무맹과 패천성에 걸친 두 가지 일이 모조리 실패로 돌아갔고, 아직 이른가 하는 말과 함께 눈총만 받았다.

물론 왕진으로서도 변명할 만한 것이 없었던 것은 아니다.

"황한 같은 똥 덩어리만 붙여 주면 나보고 어떻게 하라고!"

평소 능력 있는 자를 써야 한다고 말했던 제 아비였다.

그러나 정작 붙여 준 것은 똥지게나 나르던 황한이다. 재물이나 모을 줄 알았지 일머리는 눈곱만큼도 찾아볼 수가 없었다.

갈증을 느꼈던 왕진이 뒤늦게 조고를 불러들였지만 그마저도 아비가 나서 다시 내친 것이다.

쾅!

거칠게 집무실의 문을 닫은 왕진은 푹신한 의자에 다가가 푹 늘어졌다.

"이 일은 또 어떻게 처리한다?"

골치가 아팠다. 패천성의 일은 출혈이 컸기 때문이다.

고작 무사 몇몇을 잃었던 철장방의 일과는 다르게 오랜 시간 공을 들이며 패천성 내에 구축해 뒀던 조직이 뿌리째 뽑혀 나가고 있었기 때문이다.

그러나 한번 마음이 흐트러지면 쉽게 가라앉지가 않는다. 흥분으로 쌕쌕거리는 숨소리마저 사색을 방해했다. 그것으로 인해 짜증이 치솟아 오르며 또다시 정상적인 사고를 방해했다. 악순환의 연속이었다.

"후우……."

왕진이 크게 심호흡을 했다. 한동안 같은 행동을 반복하자 흥분으로 달아올랐던 머리가 조금은 식어 가는 듯한 느낌이 들었다.

그제야 왕진은 차분한 얼굴로 생각을 이어 갔다.

여전히 무언가가 거슬리긴 했지만 그 정도는 큰 문제가 아니다.

어차피 혼자 고민할 문제가 아니라는 것을 어렵지 않게 알 수 있었기 때문이다.

"아무래도 안 되겠다."

왕진이 고개를 휘휘 돌리며 주위에 기척이 없다는 것을 확인하고는 집무실의 천장을 올려다봤다.

"내려와."

왕진이 목소리를 내기가 무섭게 천장에서 검은 인영이 뚝 떨어져 내렸다.

"찾으셨습니까?"

공손하게 시립하고 있는 검은 인영을 보고 만족스런 얼굴로 고개를 끄덕이던 왕진은 이내 용건을 꺼냈다.

"가서 조고 불러와."

"조고 말씀이십니까? 하지만 그는……."

"알아! 나도 안다고! 하지만 어쩌겠어? 일단 일은 수습해야 할 거 아냐?"

검은 인영이 입을 다물었다. 그리고는 잠시 고민하는 듯 시간을 보낸 후에 다시 입을 열었다.

"차라리 다른 이를 찾으시지요. 그는 어르신께서 능력이 없다 내치신 자입니다."

능력이 없다기보다는 너무 눈치를 보는 바람에 제 아비에게 찍힌 것이다.

그런 자일수록 언제든지 등 뒤에서 검을 찌를 수 있다는 이유로.

그러나 왕진은 제 생각을 드러내지 않은 채 검은 인영에게 반문했다.

"그럼 누구? 한번 추천해 봐. 적극 고려할 테니까."

왕진의 물음에 검은 인영이 입을 다물었다. 언뜻 떠오르는 이들이 적지 않았지만, 쉽게 목소리를 낼 수가 없었다. 일이 잘못될 경우 그 책임은 오롯이 자신이 뒤집어써야 하기 때문이다.

그 모습을 보고 픽 웃음을 흘린 왕진이 다시 입을 열었다.

"가서 조고나 데려와. 아버님께는 비밀로 하는 것 알지?"

"어차피 아시게 될 겁니다."

"그건 그 때 가서 생각할 일이고. 일단 불러오기나 해."

"알겠습니다."

말을 마친 검은 인영이 흐릿해지는 듯싶더니 이내 자취를 감췄다.

그가 사라진 자리를 물끄러미 쳐다보고 있던 왕진이 히죽 미소를 머금었다.

"조고가 정 마음에 안 드시면, 다른 놈이라도 붙여 주시겠지."

"어? 또 같은 자리야?"

소무결이 암담한 얼굴을 했다. 어느 방향으로 향하든 결국에는 같은 곳으로 되돌아오게 만드는 진법 때문이었다.

운현이 얼굴을 잔뜩 구긴 채 소무결을 쳐다봤다.

"이제 어쩔 거야? 이거 뚫을 수나 있는 거야?"

그러나 소무결은 아무런 대답이 없었다.

자신만만하던 처음과는 달리 이제는 어렵다는 것을 확실하게 깨달았기 때문이다.

운현이 머리를 벅벅 긁었다.

"미친다, 진짜. 그냥 당가 갔다가 평범하게 돌아다니면서 마두들이나 때려잡으면 될 것을, 괜히 절강으로 오자고 해서 이게 무슨 꼴이야?"

지은 죄가 있던 소무결은 여전히 아무런 말도 하지 못했다.

천영영이 둘 사이에 끼어들며 운현 앞을 막아섰다.

"그만 좀 해. 무결이가 여기에 진법이 깔려 있는 걸 알고 그랬겠어? 그냥 재수가 없었던 거지."

그러나 이번에는 천영영의 말도 통하지 않았다. 운현의 목소리에는 여전히 짜증이 배어 있었다.

"이게 재수가 없다는 말로 넘길 일이야? 다 죽게 생겼는데?"

"뭔 소리야? 죽긴 왜 죽어? 조금만 더 돌아보면……."

"더 돌아보면 뭐? 길이라도 나온대? 진법이 그렇게 만만해? 하다못해 팔괘진 같은 것도 제대로 펼치면 빠져나오는데 개고생을 하는데, 뭔지도 모르는 진법을 무슨 수로 빠져나가?"

이번에는 천영영도 할 말이 없는지 조용히 입을 다물었다. 그런 두 사람을 물끄러미 쳐다보고만 있던 백운설이 더는 참지 못하고 끼어들었다.

"그럼 어쩌자고? 이대로 죽자고?"

"죽긴 왜 죽어? 그럴 생각 눈곱만큼도 없거든? 아직 장가도 못 가 봤는데……."

"그럼 억지로라도 더 돌아봐야 할 거 아냐. 이대로 앉아 있으면 죽기밖에 더 해? 그러니까 징징거리는 것 좀 그만하고 얼른 움직이기나 해."

운현은 불만이 가득한 얼굴이었지만 뭐라 대꾸할 말이 없었다.

그리고는 한숨을 푹 내쉬더니 자리에서 주섬주섬 일어섰다.

"에이 씨!"

제대로 쉬지도 먹지도 못하고 이틀이나 진법 안을 헤매느라 몸 상태가 정상이 아니었다. 저도 모르게 끙 하고 앓는 소리를 냈다. 그러나 그건 다른 이들도 마찬가지였다.

운현이 더 짜증을 부리지는 않고 주위를 둘러봤다.

"뭐 해? 어서 안 움직여?"

그러나 당소문이 한 걸음 나서며 일행을 막아섰다.

운현이 당소문을 쳐다봤다.

"왜?"

"아무래도 무작정 움직여서는 안 될 것 같다."

"뭔 소리야? 이럴 때 믿을 수 있는 건 내 몸밖에 없다고."

그러나 당소문은 픽 웃음을 흘릴 뿐이다. 그리고는 검지로 제 머리를 톡톡 두드렸다.

"머리를 써라."

"머리를?"

운현이 눈알을 또르르 굴렸다. 그러나 여전히 이해가 가지 않는다는 얼굴로 질문했다.

"그래서 어쩌자고? 쉽게 말해, 자식아."

운현의 대꾸에 당소문이 눈살을 찌푸리더니, 곧 남궁서천을 돌아봤다.

"네가 말해라. 얘기를 꺼낸 건 너였으니까."

한 걸음 물러서서 지켜보고 있던 남궁서천이 그제야 일행에게 다가섰다.

운현이 남궁서천에게 질문했다.

"어쩔 건데? 무슨 좋은 방법이라도 있어?"

남궁서천이 고개를 끄덕이며 대꾸했다.

"우리 집에서는 이럴 때 진법을 파훼하는 게 아니라 아예 날려 버린다."

"야 이 미친놈아! 그것도 적당해야 날려 버리든 말든 하지! 어느 정도 규모인지 가늠도 안 되는데, 무슨 수로 날려 버리자고?"

운현이 황당하다는 얼굴로 침을 튀겼다. 그러나 남궁서천은 여전히 침착한 얼굴로 짧게 대꾸했다.

"불을 지르면 된다."

"어?"

운현이 눈을 동그랗게 떴다.

소무결이 손뼉을 짝 하고 쳤다.

"그러면 되겠네!"

화마로 싹 씻어 버리면 진법이고 뭐고 소용이 없다. 비로소 길이 보이기 시작한 것이다.

그러나 이번에는 백운설이 당황한 얼굴을 했다.

"지금 여기서 불을 지르겠다는 소리야? 그건 안 돼. 그건 감당이……."

"감당 돼. 감당 된다고. 배운 게 얼만데 설마 산불에 타 죽을까."

소무결의 말에 백운설이 고개를 도리도리 저었다.

"내 말은 그게 아니라…… 천평산에 불을 지르면 관에서 몰려올 거라고. 그건 어떻게 감당하려고?"

"안 걸리면 돼, 안 걸리면. 어차피 패천성 영역이라 우리가 그런 건지도 모를걸? 걱정 안 해도 돼."

"아니, 그러니까……."

"그러니까가 아니고 일단 살아야 할 거 아냐? 이대로 죽을 생각 아니면 지켜보기나 해. 내가 알아서 할 테니까."

소무결이 가슴을 탕탕 치며 아이들과 함께 불을 피울 준비를 했다.

백운설은 여전히 난감한 얼굴을 했다.

"안 되는데……."

그러나 백운설이 우려하는 일은 벌어지지 않았다.

나무를 비벼 겨우 불을 피워도 주변으로 옮겨붙지 않았기 때문이다.

한자리에서 조그맣게 피어오르던 불길이 이내 픽 꺼지는 것을 보고 운현이 당황한 얼굴을 했다.

"어? 이거 왜 이래?"

그리고 그것은 운현만이 아니었다. 여기저기서 불길을 옮겨 보려고 시도하던 아이들 모두 같은 현상을 겪고 있었다.

"어?"

"어라?"

"이, 이거 왜 이래? 이게 이러면 안 되는데……."

소무결이 남궁서천을 쳐다봤다.

"얌마, 이거 왜 이래? 불 지르면 된다며? 이거 불도 안 붙잖아?"

아이들의 시선을 받은 남궁서천이 난감한 얼굴을 했다.

"이거 아무래도……."

"아무래도 뭐?"

"진법이 생각보다 더 강력한 것 같다. 불도 안 붙을 만큼……."

"헐……."

소무결이 황당하다는 얼굴을 했다. 그리고는 넋이 나간 얼굴의 운현을 쳐다봤다.

"이제 어쩌지?"

운현이 얼굴을 와락 일그러트렸다.

"어쩌긴 뭘 어째? 다시 움직여야지."

운현이 당소문을 노려봤다.

"역시 믿을 건 내 몸밖에 없잖아, 자식아!"

할 말이 없어진 당소문이 슬며시 고개를 돌렸다.

하나씩 흔적을 남기며 각기 다른 방향으로 흩어졌다.

그러나 오래지 않아 같은 자리로 몰려드는 일행이었다.

소무결이 한숨을 푹 내쉬며 말했다.

"이번엔 가지 않았던 곳으로 가 보자."

그러나 이번에도 오래지 않아 한자리에 몰려들었다.

운현이 얼굴을 찡그렸다.

"제길!"

몸이 천근만근 무거워졌다.

자신이 이 정도이니 소무결 정도를 제외한 다른 아이들은 죽을 지경일 것이다.

그러나 마음 놓고 쉴 수조차 없었다. 가지고 다니던 건량이 바닥을 드러낸 터라 먹을 것이라도 찾아야 했기 때문이다.

운현이 아이들을 돌아보며 말했다.

"다른 길로 가 봐. 먹을 것 좀 있나 잘 찾아보고."

아이들은 상당히 힘이 빠진 얼굴이었지만 운현이 말한 의도를 알기 때문에 억지로 두 다리를 옮기기 시작했다.

빼곡히 흔적을 남기고 움직였던 터라 가지 않았던 길을 찾기는 어렵지 않았지만, 가지 않았던 길을 선택해도 결국은 원점이었다. 어디로 가든 한곳으로 통하는 것이다.

그리고 먹을 것도 찾지 못했다.

소무결이 한숨을 푹 쉬었다.

"이거 진짜 장난이 아닌데……."

몇 번만 더 돌면 흔적을 남기지 않은 곳이 없을 정도로 가득 찰 것이다. 그때가 되면 더 돌아볼 곳도 없다.

소무결이 불안한 얼굴로 서성이는데, 다른 아이들 역시 별다른 소득 없이 하나둘씩 모여들기 시작했다.

운현이 대뜸 땅바닥에 널브러졌다.

"헉…… 헉…… 더는 못 하겠다. 일단 좀 쉬자."

소무결이 고개를 끄덕이며 그 역시 땅바닥에 주저앉았다.

"너희들도 좀 쉬어. 일단 좀 쉬고 다시 돌아보자."

소무결의 말에 아이들이 주섬주섬 각자 자리를 잡기 시작했다.

그러나 하나가 비었다.

소무결이 천영영을 쳐다봤다.

"운설이는?"

"글쎄? 이번에는 좀 멀리 갔나? 아직 안 오네."

천영영이 고개를 갸웃거리며 백운설이 사라진 방향을 힐끔거렸다.

운현이 여전히 널브러진 자세로 입을 열었다.

"곧 오겠지. 쓸데없는 걱정 말고 일단 쉬기나 해. 이따가 다시 움직여야 하니까."

운현의 말에 소무결이 고개를 끄덕이더니 나무에 몸을 기댔다.

천영영 역시 별다른 말이 없었다.

결국에는 돌아오리라 생각한 것이다.

그러나 한참이 지나도 백운설은 기별이 없었다.

해가 지고 어둠이 내려앉자 비로소 상황의 심각함을 깨달은 소무결이 운현을 쳐다봤다.

"이거 아무래도……."

"나도 알아, 자식아. 이건 지난번에도 그러더니 또 애를 먹이네."

운현이 한숨을 푹 내쉬었다.

그리고는 자리에서 벌떡 일어서더니 아이들을 돌아봤다.

"안 일어나고 뭐 해? 운설이 찾아봐야지."

당소문이 난처한 얼굴로 주위를 둘러봤다.

"날이 어두운데……."

"어쩔 수 없잖아. 그냥 내버려 두면 진짜 무슨 일 날지도 모른다고. 어서 찾아보자."

당소문이 한숨을 푹 쉬며 몸을 일으키는 것을 마지막으로 그들은 이전과는 달리 한 덩어리로 뭉쳐 백운설이 향했던 방향을 되짚어 갔다.

그러나 이번에는 느낌이 달랐다.

자욱하던 운무가 조금씩 걷혀 나가는 느낌과 더불어 이전과는 다르게 이동이 길었다.

"어? 이거……."

소무결이 고개를 갸웃거리며 운현을 돌아보는 순간.

멀리서 미약하게나마 짤랑거리는 웃음소리가 들려왔다.

운현이 반색을 했다.

"차, 찾았다!"

운현이 마지막을 힘을 짜내 땅을 콕 찍었다.

순식간에 수풀을 벗어난 운현이 눈을 확 찌르는 불빛에 눈살을 찌푸리다가 이내 눈을 동그랗게 떴다.

"어라?"

백운설, 철소화와 함께 모닥불을 뒤적거리던 모용기가

히죽 웃으며 손을 들었다.

"안녕?"

운현의 얼굴에 반가움이 가득했다.

"야, 인……!"

그러나 그보다 소무결이 한발 더 빨랐다.

"기아야!"

헐레벌떡 뛰어오는 소무결을 보고 모용기가 히죽 웃으며
자리에서 일어섰다.

"그래, 인마. 오랜만…… 어?"

소무결의 신형이 푹 꺼지듯 사라졌다.

어느새 모닥불 아래 자리를 잡은 소무결이 다급한 손짓
으로 모닥불을 뒤적거렸다.

"먹을 거! 먹을 거!"

"헐……."

모용기가 황당하다는 눈으로 소무결을 쳐다봤다.

그러나 소무결은 모닥불 아래에 묻어 둔 밤을 캐내느라
정신이 없었다.

모용기가 얼굴을 찡그렸다.

"이게 진짜……!"

"내버려 둬. 배고파서 그래. 한동안 제대로 먹지도 못했
거든."

웃으며 다가서는 운현의 말에도 모용기는 여전히 못마땅

하다는 눈으로 소무결을 바라봤다.

"아무리 그래도 그렇지. 내가 지한테 해 준 게 얼만데……."

"해 주긴 뭘 해 줘? 쥐어 팬 게 다면서. 그보다 네가 왜 여기 있어? 연아랑 명진이는?"

"걔네들 지금은 일이 있어서……."

"일? 무슨 일?"

"직접 물어봐. 이따가 보게 해 줄게."

그리고는 모용기가 다른 일행을 살피려 시선을 돌리다가 이내 미간을 좁혔다.

당소문의 옆에 서 있는 남궁서천을 확인한 것이다.

"저 자식이 왜……."

운현이 남궁서천을 힐끔 쳐다보고는 입을 열었다.

"네가 따라오는 놈 있으면 막지 말라고 했다면서?"

"그렇긴 하지. 그래서 따라붙은 게 쟤라고?"

운현이 어깨를 들썩였다.

그러는 사이 어느새 모용기의 앞으로 다가선 천영영이 조그마한 입을 열며 손을 들었다.

"오랜만이야."

"어? 오랜만."

얼떨결에 손을 들어 올리는 모용기를 천영영이 요리조리 훑어봤다.

"어? 지금 뭐 하는……."

"흐음. 어디 잘려 나간 곳 없고 괜찮은 거 보니까 잘 지냈나 보네."

무뚝뚝한 얼굴이었지만 그 안에는 모용기에 대한 염려와 반가움이 담겨 있었다. 그것을 알아본 모용기가 픽 웃으며 말했다.

"내가 또 어디 가서 맞고 다니지는 않잖아? 쓸데없는 걱정이라고."

"그럼 다행이고."

천영영은 그 말을 끝으로 백운설의 곁으로 다가갔다.

그리고 마지막으로 남은 당소문과 남궁서천.

당소문이 먼저 앞으로 나섰다.

"제갈 소저는?"

"치료받고 있는 중."

당소문이 흠칫 몸을 떨었다. 기쁜 일이지만 마냥 좋아할 수도 없는 입장이었다.

"그게 치료가 된다고?"

"되지. 되니까 내가 개고생해서 여기까지 온 거고."

"누구냐? 누가 제갈 소저를……."

의문을 쏟아 내던 당소문이 문득 입을 다물더니 딱딱하게 얼굴을 굳혔다.

이런 일을 해낼 수 있는 이는 드넓은 중원에서도 한 손으로 꼽을 수 있을 만큼 적었다.

게다가 그중에서 패천성과 연관된 이는 하나뿐이었다.

"혹시⋯⋯."

당소문이 눈매를 좁혔다. 그러나 모용기는 이미 그에게 관심을 끊은 후였다.

남궁서천을 물끄러미 쳐다보던 모용기가 문득 입을 열었다.

"용케 여기까지 따라올 생각을 했네?"

"그게 뒤처지는 것보다는 나으니까."

"애들 따라다니면서 뒤처지지 않을 자신은 있고?"

"적어도 더 벌어지진 않겠지."

남궁서천의 말에 모용기가 소리 없이 웃었다.

"왜 그렇게 웃는 거지?"

"아냐. 잘해 보라고. 죽을 각오로 배워 가면 명진은 몰라도 무결이는 따라잡을 수 있을지도 모르니까."

자신을 낮춰 보는 듯한 모용기의 말에 남궁서천이 미간을 좁혔다.

"그게 무슨 말⋯⋯."

그러나 모용기는 이번에도 대꾸가 없었다.

어느새 소무결의 옆에 자리를 잡은 모용기가 소무결의 등을 탁 하고 쳤다.

"천천히 먹어. 그러다가 탈 나."

그 순간 소무결이 컥 하고 숨이 막히는 듯한 소리를 냈다. 켁켁거리며 목구멍을 틀어막는 군밤을 간신히 토해 낸 소무결이 모용기를 흘겨봤다.

"너 이 자식! 일부러 그런 거지?"

그러나 모용기는 어깨를 들썩일 뿐이었다.

모처럼 모용기를 만나 정신이 없었던 백운설이 그제야 철소화에게 신경을 쓰며 의문을 표했다.

"그런데 기아야, 이 아가씨는 누구야?"

뒤늦게 철소화에게 정신이 쏠린 것은 모용기 역시 마찬가지였다.

모용기가 히죽 웃으며 철소화를 아이들에게 소개했다.

"아, 걔? 철소화. 소화라고 불러."

"철······ 소화?"

백운설이 큰 눈동자를 또르르 굴렸다. 고개를 갸웃거리는 것은 나머지 아이들 역시 마찬가지였다.

철소화가 헤죽거리며 백운설을 쳐다봤다.

"언니가 백운설이지?"

"날 알아? 아니, 날 알아요?"

"응, 알아. 기아 오빠한테 들었거든. 언니가 사고 쳐서 연아 언니가 그 꼴이 되었다면서?"

철소화의 말에 백운설이 당황한 얼굴을 했다.

"아, 아니 그게······."

그러나 제 말만 하는 것은 모용기 못지않은 철소화다.

어느새 고개를 돌린 철소화가 소무결, 운현, 당소문, 천영영을 차례로 짚었다.

"여기 거지 오빠가 소무결이고, 여기 멍청한 얼굴을 하고 있는 오빠는 운현, 야비하게 생긴 오빠가 당소문, 희진 언니처럼 무뚝뚝한 저 언니가 천영영. 오빠, 내 말 맞지?"

지목을 당한 아이들이 미간을 좁히며 철소화를 쏘아봤다.

그러나 철소화는 신경도 쓰지 않은 채 모용기를 쳐다봤다.

모용기가 히죽 웃으며 고개를 끄덕였다.

"맞아."

"근데……."

철소화가 미간을 좁히며 남궁서천을 쳐다봤다.

"저 오빠는 누구야? 오빠가 설명해 준 적 없는 거 같은데."

"걔는 남궁서천."

모용기가 대수롭지 않다는 듯이 말했으나, 철소화가 눈을 동그랗게 뜨고 반문했다.

"남궁? 정말 남궁이야?"

"그렇다니까."

"헐……."

철소화가 어이없다는 얼굴로 헛웃음을 흘렸다. 남궁서천이 다른 아이들과 비슷하게 미간을 좁히며 입을 열었다.

"갑자기 왜……."

"아니, 그렇잖아. 여기 절강이라고. 신응교의 안마당. 무슨 깡으로 남궁이 절강으로 넘어올 생각을 한 거야?"

남궁세가가 위치한 안휘와 신응교가 위치한 절강은 바로 지척이었다. 성향을 달리하는 두 세력이 맞닿아 있다 보니 크고 작은 싸움이 끊이지 않았고, 당연히 사이가 안 좋을 수밖에 없었다.

만약 남궁이 절강으로 들어섰다는 것이 알려지면, 아마도 신응교가 난리가 날 것이다.

철소화가 짚은 것이 바로 그 점이다.

철소화의 말을 알아듣는 것이 어렵지 않았던 남궁서천이 뭐라 입을 열려다가 한순간 흠칫하며 몸을 떨었다.

"넘어와?"

그런 말을 하는 것은 패천성의 무리들뿐이다. 남궁서천뿐만 아니라 다른 아이들도 그 점을 알아채고는 흠칫 몸을 떨며 철소화를 쳐다봤다.

백운설이 큰 눈을 깜빡거리며 입을 열었다.

"호, 혹시……."

모용기가 픽 웃으며 고개를 끄덕였다.

"맞아, 걔 패천성이야."

"어?"

"뭐, 뭐?"

"미, 미친! 기아 너 미친 거야?"

정무맹의 아이들이 자리에서 벌떡 일어섰다. 그리고는 여전히 헤죽거리는 얼굴을 하고 있는 철소화를 보며 날을 세우려 하는데, 모용기가 모닥불에 나뭇가지 하나를 던졌다.

툭!

"어?"

"너 뭐……."

작은 소리였지만 맥을 끊어 놓기에는 충분했다.

그 점을 알아챈 소무결과 운현이 당황한 얼굴로 모용기를 쳐다봤다.

모용기가 담담한 얼굴로 고개를 까딱거렸다.

"앉아."

그러나 운현이 반발했다.

"뭔 소리야? 얘 패천성이라고! 패천성이랑 한자리에 있다니, 너 제정신이야?"

"그래서 뭐? 그게 어쨌다고?"

"그게 어쨌다고가 아니라, 얘 패천성이라고! 사람 눈 파먹고 간 파먹는 패천성!"

운현의 말에 철소화가 헤죽거리며 끼어들었다.

"그 얘기는 나도 들었어. 사람 눈 파먹고 간 파먹는 정무맹!"

"이, 이게…… 야! 우리가 왜 사람 눈 파먹고 간 파먹어?"

"그럼 우리는 왜 사람 눈 파먹고 간 파먹는데!"

"그, 그거야……."

운현이 움찔하며 말을 더듬었다.

모용기가 한숨을 푹 내쉬었다.

"그만 좀 하고 앉으라고. 쟤는 네 눈이랑 간에는 관심도 없으니까."

철소화가 맞아, 맞아 하며 맞장구를 쳤다.

그러나 운현의 눈에는 여전히 불신의 빛이 가득했다.

"그 말을 어떻게 믿……."

"맞을래?"

"으, 응?"

모용기가 미간을 좁힌 채 정무맹의 아이들을 돌아봤다.

"맞고 앉을래, 그냥 앉을래?"

참룡
회귀록

斬龍回歸錄

참룡
회귀록

斬龍回歸錄

45 章.

　시퍼렇게 물든 눈두덩이를 문지르고 있는 운헌을 힐끔거
리던 소무결이 조심스러운 얼굴로 모용기에게 질문했다.

　"저, 저기……."

　"왜 또?"

　뚱한 얼굴로 대꾸하는 모용기를 보며 소무결은 확신했
다.

　'이거 성격 더러운 거 보니까 모용기 맞긴 한데…… 어
째 예전보다 더 더러워진 거 같은데…….'

　소무결이 고개를 갸웃거리며 뜸을 들이자 모용기가 얼굴
을 긁었다.

　"내 말 안 들려? 왜 부르냐고."

"아니, 그게 아니고……."

소무결이 냉큼 고개를 젓고는 다시 입을 열었다.

"내가 알기로 패천성에서 철 씨 성을 쓰는 건……."

소무결이 불안한 얼굴로 말끝을 흐렸다. 그러나 철소화
가 그 말에 냉큼 대꾸했다.

"맞아. 우리 아빠가 패천성주야."

"으헉!"

"컥!"

흠칫하는 다른 아이들과 달리 소무결과 운현이 유독 크
게 놀랐다.

모용기가 한숨을 쉬며 입을 열었다.

"뭘 그렇게 놀라? 여기 철무한도 같이 있는 걸 알면 아주
숨넘어가겠다?"

"누, 누구?"

소무결이 눈을 동그랗게 떴다. 운현이 당황한 얼굴로 더
듬더듬 질문했다.

"처, 철무한이면…… 호, 혹시 그?"

"맞아. 패천성 후계자."

"야, 야 이 미친놈아! 헉!"

또다시 발작을 하려던 운현은 모용기가 째려보자 급하게
숨을 들이켜며 기세를 죽였다.

그러나 의외의 인물이 자리를 박차고 일어섰다.

"아무래도 내가 올 자리가 아니었던 것 같다. 난 이만 돌아가겠다."

딱딱한 얼굴을 하고 있는 남궁서천을 보며 모용기가 픽 웃음을 흘렸다.

"할 수 있으면 그러든가."

모용기의 말에 남궁서천이 얼굴이 찡그리더니 이내 미련을 접고 휙 몸을 돌렸다.

남궁서천은 왔던 길을 되짚어 가는 듯하더니 이내 수풀 사이로 몸을 감췄다.

당소문이 모용기를 쳐다보며 말했다.

"내버려 둬도 되나? 이대로 보냈다가 어디 가서 말이라도 하면……."

"걱정하지 마. 곧 돌아올 테니까."

"응?"

눈을 동그랗게 뜨고 의문을 표하는 아이들을 두고 모용기는 그저 어깨를 들썩일 뿐이었다.

그리고는 다른 말을 하기 시작했다.

"그보다 결시 얘기나 해 봐. 무결이 네가 우승했지?"

모용기의 시선이 자신에게 향하자 소무결이 얼떨결에 고개를 끄덕였다.

"으, 응? 그렇지 뭐."

"그럼 준우승은 운현이 너고?"

모용기의 시선이 자신에게로 향하자 운현이 움찔 몸을 떨더니 조용히 시선을 돌렸다.

그 모습을 보고 모용기가 황당하다는 얼굴을 했다.

"뭐, 뭐야? 너 아냐?"

소무결이 히죽 웃으며 끼어들었다.

"걔 아니고 쟤야."

소무결이 천영영을 향해 턱짓했다.

모용기가 믿을 수 없다는 듯이 눈만 깜빡거렸다.

"영영이? 진짜? 그럴 리가 없는데? 혹시 결승 전에 너랑 만난 거야?"

"아니, 그건 아니고……."

"그럼?"

"사강에서 운현이랑 영영이가 만났는데 운현이 깨졌어."

"뭐?"

모용기가 눈을 동그랗게 떴다.

큰 격차는 아니지만 운현이 한 발씩 앞서 나가고 있다는 것을 누구보다 잘 알고 있었기 때문이다.

"야, 넌 왜 쓸데없는 말을 하고 그래?"

운현이 소무결을 향해 눈을 흘겼다. 그러나 소무결은 못 들은 체 모용기를 쳐다보며 신을 냈다.

"그게 어떻게 된 거냔 말이지."

그러나 그 순간 모용기가 고개를 획 돌렸다.

소무결이 미간을 좁혔다.

"왜 또? 누가……."

"이히히히! 가루다! 가루!"

"할매! 그거 비싼 거! 비싼 거! 막 뿌리면 안 된다고!"

짤랑짤랑한 목소리에 뒤이어 아직은 앳되어 보이는 목소리가 다급하게 울려 퍼졌다.

철소화가 한숨을 폭 내쉬었다.

"팽가 할매 또 시작이네."

그리고는 아름다운 문양이 새겨진, 딱 보기에도 고급스러워 보이는 손수건을 꺼내 들어 입가를 틀어막았다.

백운설이 고개를 갸웃거렸다.

"지금 뭐 하는……."

그 순간 어두컴컴한 밤하늘에 불빛을 받아 반짝거리는 가루들이 사방으로 비산하며 아이들을 감쌌다.

"어? 이게 뭐지?"

반짝거리는 가루들에 저도 모르게 홀린 듯 손을 뻗던 백운설이 한순간 흠칫하더니 눈을 동그랗게 떴다.

"어? 영영이 너 얼굴이……."

그 말에 고개를 갸웃거리며 백운설을 쳐다보던 천영영 역시 그녀와 비슷한 얼굴을 했다.

"어? 운설이 너 얼굴이……."

울긋불긋 올라오는 반점들.

뒤늦게 사태를 파악한 소무결과 운현이 당황한 얼굴을
했다.

"어? 이게 뭐야?"

"어? 어?"

그리고 익숙한 냄새에 당소문의 눈이 번들거렸다.

"독?"

"으음……."

가장 먼저 눈을 뜬 것은 당소문이었다.

당소문이 무거운 눈꺼풀을 억지로 밀어 올렸다.

그러나 눈동자에 초점이 제대로 잡히지가 않았다.

화선지에 먹물이 번지듯 사물이 흐릿하게 보여 제대로
분간을 하기가 어려웠다.

"어? 일어났어?"

"그러네. 생각보다 빠르네."

"당가 놈 손자라잖아. 독에는 이골이 났을 테니 회복도
빠른 게지."

"독에 이골이 났으면 애초에 중독이 되지를 말았어야지.
뭘 얼마나 처먹었다고 고것도 못 버텨? 그걸 아니까 당가
놈이 저기 구석에 처박혀 있는 거 아녀."

"크흠…… 흠……."

"저 봐. 입이 있어도 말을 못 하는 거. 이게 다……."

"그만 좀 해. 아직 약관도 안 된 아이가 이 정도 버티면 잘한 거지 여기서 뭘 더 어떻게 하라는겨?"

"잘하긴 뭘 잘해? 말이 나와서 얘긴데, 우리 때는 이 정도 독은 식후 간식처럼 빨아 먹었어. 거기에 비하면 요즘 것들은 영 비리비리해서는…… 이게 다 나약해 빠져서 그런 거라고."

"거참, 세월이 얼마나 많이 흘렀는데 우리 때랑 같을 거라 기대하나? 벌써 강산이 다섯 번은 변했는데. 비교할 걸 비교해야지."

각기 다른 여러 개의 목소리가 동시다발적으로 쏟아졌다.

남성의 목소리도 있었고, 여성의 목소리도 있었다. 한 가지 공통점이 있다면 하나같이 늙수그레한, 칼칼한 목소리라는 점이다.

당소문이 그 목소리들을 한 귀로 듣고 한 귀로 흘리며 억지로 초점을 잡으려 했다. 그리고 그 노력이 가상했는지 서서히 사물이 또렷하게 분간되지 시작했다.

그때 낯선 얼굴이 불쑥 튀어나오며 당소문의 시야를 가득 채웠다.

"어? 이제 정신이 들어?"

늙수그레한 목소리와는 다르게 동글동글한 귀염상에 피부가 팽팽한 노인이었다.

당소문이 뭐라 입이라도 열려는 찰나, 또 다른 얼굴이 동글동글한 노인의 얼굴을 밀쳐내며 당소문의 시선을 가득 채웠다.

"얼레? 이제 정신 돌아왔네?"

조금은 각이 져서 딱딱해 보이는 얼굴이었지만 눈동자만큼은 선해 보이는 노파였다.

누굴까 잠깐 고민을 하던 당소문은 이어지는 노파의 말에 눈매를 좁혔다.

"당가 할아범, 이리 좀 와 보슈. 댁의 손자 정신 차렸수."

'당가 할아범? 손자?'

당소문이 고민을 하느라 눈알을 또르르 굴렸다. 그러나 미처 고민을 끝내기도 전에 반가운 얼굴이 자신을 내려다보고 있었다.

"일어났느냐?"

"어? 하, 할아……."

지난 5년간 소식이 끊겼던 독왕 당명이었다.

당소문이 당황한 얼굴로 몸을 일으키려는 찰나, 당명의 손이 당소문을 꾹 내리눌렀다.

"되었다. 일단은 쉬거라."

"하, 하지만……."

"괜찮으니 일단은 쉬래도. 얘기는 몸을 좀 더 추스른 뒤에 하자꾸나."

당명이 고개를 저었다.

여전히 무뚝뚝한 얼굴을 하는 당명의 옆으로 동글동글한 얼굴의 노인이 다가섰다.

"이놈아, 모처럼 손자 보는 것인데 반가우면 반가운 척이라도 좀 할 것이지."

"쓸데없는 소리 그만하고 네놈들도 그만 나가 보거라. 아이들도 좀 쉬어야지."

"지금까지 잠만 처잤는데 뭘 더 쉬어? 이제 그만 일어나서……."

입을 열던 노인이 움찔하며 물러섰다. 당명이 차가운 눈으로 자신을 쏘아보고 있었기 때문이다.

"암, 쉬어야지. 쉬어야 몸이 낫지. 이놈들아, 그만하고 이만 일어나자꾸나."

노인의 재빠른 태세 전환에 각이 진 얼굴의 노파가 노인을 쳐다봤다.

"주 씨 영감은 그 나이 먹고도 아직도 당가 영감이 무서운가 봐?"

"무슨! 내가 무서워서 이러는 걸로 보여?"

발끈하는 노인을 보며 각이 진 얼굴의 노파는 픽 웃으며 자리에서 일어섰다.

"당가 영감 말대로 어여들 일어나세. 봉마곡에 들어오느라 고생했을 텐데 아이들도 좀 쉬어야지."

그러자 한쪽 구석에서 눈치만 살피던, 어딘가 어눌해 보이는 얼굴의 노인이 불만스럽다는 듯이 투덜거렸다.

"난 아직 제대로 못 봤는데……."

"나중에 봐, 나중에. 어차피 몇 년은 함께해야 할 터인데 천천히 봐도 돼."

각이 진 얼굴의 노파가 어눌한 기색의 노인을 억지로 잡아끌었다.

"아니, 그러니까 나도……."

"됐다니까 그래."

그리고는 각이 진 얼굴의 노파가 아이들의 옆에 딱 달라붙어 있는 얼굴선이 고운 노파를 돌아봤다.

"황 언니가 남을 거유?"

"이젠 괜찮을 것 같다. 네 말대로 그만 쉬도록 우린 나가자꾸나."

그 말을 끝으로 얼굴선이 고운 노파가 먼저 밖으로 나서자 다른 노인들 역시 그 뒤를 따랐다.

어눌한 기색의 노인을 잡아끌며 마지막으로 방을 나서려던 각이 진 얼굴의 노파가 문득 걸음을 멈추더니 한쪽 구석에서 멀뚱멀뚱 쳐다보고만 있는 패천성의 아이들을 쳐다봤다. 그중에서도 정주형을 콕 집어 봤다.

"이놈아, 네놈이 사고 친 것이니 뒤탈 안 생기도록 잘 봐주거라."

"어? 네가 왜……."

당소문이 한숨을 쉬며 고개를 절레절레 저었다.

그러나 효과는 확실했다.

어느 정도 진정이 된 소무결이 여전히 불안하게 흔들리는 눈동자로 이리저리 주위를 살폈다.

"여, 여긴……."

당소문이 고개를 저었다.

"나도 몰라."

"아니, 그걸…… 윽."

황당하다는 얼굴을 하던 소무결이 어깨를 짚었다.

정주형과 임무일이 내리누르던 힘이 생각보다 강했던지 어깨가 욱신거렸던 게다.

어깨를 주물럭거리던 소무결이 뒤늦게 정신을 차리며 정주형 등을 쳐다봤다.

"너희들은……."

그러나 정주형 등의 관심사는 이미 운현에게 옮겨 간 후였다.

"으음……."

"어? 얘도 일어나려나 본데?"

"그러게. 생각보다 회복이 빠르네. 팽가 할매가 뿌린 독이 단장초 말려서 갈아 놓은 거 아니었어? 그거 엄청 독하지 않나?"

"어? 그렇지. 그래서 내가 애지중지했던 건데……."

그 때 시야를 회복한 운현이 정주형 등에게 시선을 고정했다.

"너, 너희들은 누구……."

"어? 난 정주형."

그러자 임무일이 정주형의 어깨를 툭 쳤다.

"야, 그렇게 말하면 못 알아듣는다고 몇 번을 말해? 벌써 세 번째다, 자식아."

"그, 그럼 뭐라고 해?"

이후의 상황이 예측 가능했던 소무결이 얼른 끼어들려다 무슨 생각이 들었는지 가만히 입을 다물었다.

그러자 소무결이 예상했던 그대로 상황이 흘렀다.

"으허헉! 니들, 니들이 왜……!"

"야! 잡아! 일단 잡아!"

"그러니까 똑바로 설명하라고!"

"그건 네가 말한 거라고!"

좁은 방 안에서 양쪽으로 나눠진 두 개의 무리가 서로를 향해 멀뚱멀뚱 눈빛을 보냈다.

정무맹의 아이들은 하고 싶은 말이 많았지만 쉽사리 입이 떨어지지 않았고, 잔뜩 경계하는 정무맹의 아이들을 보며 패천성의 아이들 역시 그들을 자극하지 않으려 눈치를 본 탓이다.

그리고 그 숨 막히는 침묵을 걷어 낸 것은 모용기였다.

명진, 철무한과 함께 방으로 들어선 모용기가 고개를 갸웃거렸다.

"너희들 왜 그러고 있어?"

철무한이 알 만하다는 얼굴로 픽 웃으며 말했다.

"딱 보면 몰라? 서로 내외하는 거잖아."

모용기가 한숨을 푹 내쉬었다.

"하여간……."

그리고는 고개를 절레절레 저으며 방 안에 마련된 탁자에 턱하니 자리를 잡았다.

그리고 철무한과 명진이 모용기의 옆에 착석했다.

모용기가 주위를 둘러봤다.

"뭐 해? 안 앉고?"

엉거주춤 걸음을 옮기던 소무결이 한순간 눈을 동그랗게 떴다.

"어?"

"왜 또?"

"앉을 곳이 없잖아, 자식아."

작은 탁자다. 모용기와 명진, 철무한이 자리를 잡자 더 기어들어갈 곳이 없었던 것이다.

"어? 그러네?"

모용기가 어색하게 웃더니 자리에서 벌떡 일어섰다.

철무한이 모용기를 쳐다봤다.

"왜?"

"치우자."

"하여간……."

탁자를 치워 버리자 좁은 방이라도 제법 공간이 났다. 여전히 어색한 얼굴을 한 채 옹기종기 둘러앉은 아이들을 보고 모용기가 히죽 웃음을 흘렸다.

"이제 인사해. 여긴 무한이고, 여긴 주형이. 이쪽은 민우……."

패천성의 아이들을 하나하나 소개시키는 모용기를 보며 정무맹의 아이들은 한껏 넋이 나간 얼굴을 했다.

그리고 모용기의 시선이 자신에게 향하자 정신이 번쩍 든 운현이 딱딱하게 얼굴을 굳히며 입을 열었다.

"아, 아니 잠깐. 그러니까 애들이 패천성 애들이라고?"

"그렇다니까? 이제까지 설명했잖아."

"아니, 그게 아니고…… 그러니까 지금 우리가 패천성의 아이들이랑 한자리에 있는 거라고?"

"이게 뭘 잘못 먹었나? 왜 자꾸 같은 말을 하게 해?"

모용기가 얼굴을 찡그렸다.

그러나 운현은 자리에서 벌떡 일어서며 날을 세웠다.

"너 제정신이야? 네가 지금 무슨 짓을 한 건지……."

"무슨 짓이긴. 너희들 무공 봐주려는 거지."

"그걸 지금 말이라고! 나보고 패천성의 애들이랑 어울리라는 거야?"

가만히 지켜보고만 있던 정주형이 얼굴을 찡그렸다.

"거 듣자 듣자 하니까……."

그러나 철무한이 손을 들어 정주형을 막아섰다.

"왜?"

"내버려 둬. 우리도 애들을 먼저 만나지 않았다면 쟤들이랑 똑같은 반응이었을 테니까."

틀린 말이 아니었다. 그것을 알기에 불만스러운 얼굴을 하면서도 억지로 입을 다물었다.

정주형이 잠잠해지자 모용기가 다시 운현을 쳐다봤다.

"그래서 어쩌자고?"

모용기의 뻔뻔한 얼굴에 운현이 얼굴을 구겼다.

그리고 남궁서천과 같은 선택을 했다.

"난 갈 거다."

그러나 모용기의 반응은 남궁서천을 대할 때와 전혀 달랐다.

"죽을래?"

"으, 응?"

운현이 당황한 얼굴을 했으나, 모용기는 아랑곳하지 않고 인상을 쓰며 말을 이었다.

"이 자식이 겁대가리 없이. 모처럼 한번 살풀이 해 볼까?"

"아, 아니 갑자기……."

"시끄러. 나랑 헤어진 이후로도 실력은 쥐똥만큼도 늘지 않은 것들이 자존심은 무슨. 그 실력으로 지금 찬밥, 더운 밥 가리게 생겼어?"

가만히 듣고 있던 소무결이 미간을 좁혔다.

"우리 실력 많이 늘었거든?"

"어쭈? 진짜?"

"적어도 예전처럼 너한테 속수무책으로 처맞지 않을 자신은 있다고."

모용기가 주위를 휙 둘러봤다.

운현과 당소문, 천영영, 하다못해 백운설까지.

모두가 자신감이 엿보이는 눈빛이었다.

모용기가 픽 웃으며 고개를 끄덕였다.

"좋아."

"조, 좋긴 뭐가……."

모용기는 소무결의 말에 대구도 하지 않은 채 명진을 툭 쳤다.

"네가 할래?"

"재밌겠군."

고개를 끄덕이는 명진을 보며 운현이 의문을 품었다.

"뭐가 재밌어?"

명진이 자리에서 벌떡 일어섰다.

그리고는 번쩍 검을 뽑아 들었다.

"다 덤벼."

"뭐, 뭐?"

"아니, 이게 지금……."

"쟤가 지금 뭐라는……."

정무맹의 아이들이 혼란스럽다는 얼굴로 명진을 쳐다봤다.

그 시선을 묵묵히 받아 내고 있는 명진의 다리를 모용기가 툭 쳤다.

"왜?"

"나가서 해. 먼지 날려."

"……."

명진을 노려보고 있던 소무결이 눈매를 좁혔다.

"이거……."

무언가 마음에 들지 않는다는 얼굴이었다.

그 모습을 낮은 담장 위에 앉은 채 바라보고 있던 노인들이 저들끼리 속닥거렸다.

"뭘 저렇게 재고 있어? 싸우려면 빨리 싸울 것이지."

"지금 기 싸움 하는 거잖나. 싸움질을 막무가내로 하나? 일단 서로 기세도 겨뤄 보고 약점도 찾아보고 해야지."

"그것도 어느 정도 수준에 올라와야 쓸모 있는 것이지, 아직 걸음마도 못 뗀 애들이 그딴 걸 해서 뭣하겠다고? 이것들이 겉멋만 잔뜩 들어 가지고는. 쯧쯧."

"하여간 주 씨 영감은 성질만 급해서는. 내가 영감보다 바깥 생활을 오래해 봐서 아는데, 쟤들 정도면 제법 쓸 만한 수준이라고. 아니지, 아예 기재라고 각 문파에서 난리가 났을걸?"

"헐……."

동글동글한 얼굴의 노인, 주원종이 어처구니가 없다는 얼굴로 헛웃음을 흘렸다.

"기재? 쟤들이? 그걸 지금 말이라고 하나? 약관도 되기 전에 검기 정도는 선명하게 형태를 이뤄야 기재 소리를 듣는 거지, 아직 내력 운용도 제대로 못 하는 애들이 기재는 무슨."

"그거야 영감 세대 때나 가능했던 말이고, 지금은 또 다르다니까? 지금 세대는 쟤들 정도면 충분히 먹힌다고."

각이 진 얼굴의 노파, 팽연옥의 말에 안희명이 고개를 갸웃거렸다.

"할멈이 그걸 어떻게 그렇게 잘 아나? 저 녀석들을 처음 본 것은 할멈도 마찬가지일 텐데."

"기아 녀석이 그랬어. 정무맹에서도 가르친 애들이 좀 있다고."

"그런가?"

"그래. 제법 오래 가르쳤으니, 열심히 수련했으면 지금 패천성 애들보다는 나을 거라 그러던데?"

"흐음……."

그 말에 눈매를 좁히며 정무맹의 아이들을 살피는 안희명과는 달리, 주원종은 여전히 못마땅하다는 얼굴이었다.

"가르치고 뭐고, 얼른 싸우라고 좀 해 봐. 이러다가 해 떨어지겠네, 해 떨어지겠어."

"아니, 이 영감은 뭐가 그렇게 급……."

그때 모용기가 노인들의 옆에 엉덩이를 걸치더니 얼굴을 찡그렸다.

"아, 진짜! 조용히 좀 하면 안 돼? 애들이 주의가 흩어져서 집중을 못 하잖아."

주원종이 발끈한 얼굴을 했다.

"이런 빌어먹을 놈이 뭐가 어쩌고 어째? 네놈은 위아래도 없더냐?"

"있어! 있다고! 있으니까 할배 똥오줌도 다 치워 주고 하는 거잖아!"

모용기의 대꾸에 주원종이 움찔했다. 그러나 주원종도 할 말은 있었다.

"이놈아, 네놈이 언제 내 똥오줌을 치웠어? 다른 애들이 했지. 지금도 소화가 하고 있잖아?"

"그거 다 내가 시킨 거라고. 나 아니면 소화나 무한이, 그리고 다른 애들이 그런 일을 거들떠보기나 할 것 같아? 죽으면 죽었지 절대로 안 하려고 할걸?"

"그건 봐야 아는 일이고."

"보긴 뭘 봐? 안 씨 할배. 할배가 말해 봐. 할배가 보기엔 걔들이 그런 일을 할 애들로 보여?"

안희명은 고민할 가치도 없다는 듯 냉큼 고개를 저었다.

"죽어도 안 하지."

"거봐. 쟤들은 그런 일을 할 애들이 아니라니까? 그리고 말이 나와서 하는 말인데, 정신만 놓으면 왜 그렇게 벽에 똥칠을 해? 낙서하라고 먹물 잔뜩 준비해 줬더니만, 왜 꼭 똥이냐고! 똥이랑 무슨 원수라도 졌어?"

"커험…… 험……."

할 말이 없는지 괜히 헛기침을 하는 주원종을 보며 팽연옥이 흘흘 웃었다.

"이 영감탱이, 꼼짝도 못 하는구만. 하긴 싸질러 놓는 일이 워낙 더러워야지."

"할매는 뭐 달라?"

"으응?"

"정신만 놓으면 왜 그렇게 가루를 찾아 대? 그것도 꼭 독성 강한 것들로만! 차라리 흙을 뿌리고 다닐 것이지 맨날 독만 뿌리고 다녀서 애들이 죽을 뻔한 적이 한두 번이야?"

"어? 그, 그게……."

팽연옥마저 슬그머니 고개를 돌려 버리자 다들 모용기의 시선을 피하기에 바빴다. 모두 하나씩은 약점이 있었기 때문이다.

그러나 이런 일에는 꼭 쓸데없이 끝을 봐야 하는 성격의 모용기였다.

이내 그의 시선이 한곳으로 향했고, 있는 듯 없는 듯 입을 다문 채 먼 산을 쳐다보고 있던 황월영이 움찔 몸을 떨었다.

"나, 난 아무 말도……."

"그거야 지금은 정신을 안 놓았으니까 그런 거고. 할매는 정신만 놓으면 왜 그렇게 색……."

그러나 모용기는 말을 끝까지 이을 수가 없었다.

"기아 너! 계속 쫑알댈 거야? 너 때문에 집중을 할 수가 없잖아!"

백운설이 빽 하고 소리를 질렀기 때문이다.

모용기가 헙 하고 입을 다물었다.

당명이 픽 웃음을 흘렸다.

"네가 제일 시끄럽댄다."

주위가 조용해지자 다시 명진에게 집중하던 소무결이 미간을 좁혔다.

검 끝을 내린 채 평온한 눈으로 자신들을 쳐다보고 있는 명진에게서 어딘가 모르게 이질적인 느낌이 들었기 때문이다.

'이게 뭐지?'

머리를 굴려 보지만 자신의 마음을 불편하게 만드는 것이 무엇인지는 짐작할 수조차 없었다.

그 때 운현이 그의 옆으로 다가서며 입을 열었다.

"계속 보기만 할 거야?"

소무결이 운현을 쳐다봤다.

"움직이긴 해야겠는데……."

"적당히 간만 봐. 저 자식, 아무래도 느낌이 이상해."

"그게 좋겠……."

무심결에 고개를 끄덕이던 소무결이 한순간 흠칫했다.

"그걸 나보고 하라고?"

"그럼 누가 해?"

"아니, 그걸 내가 왜……."

"네가 결시 우승자잖아. 당연히 제일 강한 사람이 먼저 나서야지."

"마, 망할! 이럴 때만 꼭 나를 찾지?"

소무결이 운현을 향해 입술을 삐죽거리다가 결국에는 다시 명진을 쳐다봤다. 운현의 말대로 자신이 먼저 나서야 했다.

"보조 잘 해. 저 자식 진짜 이상하다고."

그리고는 운현이 대꾸할 틈도 주지 않고 몸을 훌쩍 날렸다.

순식간에 거리를 좁힌 소무결.

소무결의 타구봉이 불쑥 치고 들어오자 고요한 눈으로 쳐다보기만 하던 명진이 그제야 검을 들었다.

쩡!

"윽!"

명진의 검 끝이 찔러 들어오는 소무결의 봉 끝을 정확히 찍었다. 신음성을 흘리며 주르륵 밀려나는 소무결을 확인하고서도 명진은 그 자리에서 움직이지 않았다.

그를 노리는 것보다는 사방에서 날아드는 정무맹의 아이들이 먼저였던 게다.

"이 자식!"

어떤 이유로 운현이 결승에 오르지 못한 건지는 알 수 없었지만, 그의 검이 갖는 위력은 쉬이 무시할 수 없을 정도로 위협적이었다.

부르르 흔들리며 어지럽게 잔상을 남기는 운현의 검은 소무결의 봉처럼 쉽게 끝을 잡을 수가 없다.

그러나 명진은 운현의 검의 변화에 맞춰 줄 생각이 없었다.

예전에 모용기가 제 사부를 상대할 때 보여 준 것처럼 엄지로 검병을 탁 하고 튕겼다.

이내 명진의 검이 무섭게 회전하며 흔들리는 운현의 검 사이로 파고들었다.

"어?"

부챗살처럼, 그러나 사방으로 벌어지는 자신의 검이 남긴 잔상을 보며 운현이 당황한 얼굴을 했다.

"물러서!"

거의 동시라고 해도 좋을 만큼, 천영영과 백운설이 좌우에서 날아들었다.

명진이 검병을 탁 잡으며 운현을 노리던 검을 회수했다.

'영영이가 조금 더……'

명진의 검이 천영영에게로 향했다.

그리고는 부드럽게 휘감기듯 그녀의 검을 낚아챘다.

"어?"

운현과 비슷한 반응을 보이는 천영영.

명진이 검을 쭉 잡아당기자 천영영의 검이 백운설에게로 향했다.

백운설이 눈을 동그랗게 떴다.

"어마?"

쩡!

"윽!"

"크윽!"

서로 검을 마주한 백운설과 천영영이 동시에 물러섰다.

눈앞에서 상황을 지켜본 운현이 이를 갈았다.

"이 자식!"

운현이 검을 찔렀다. 이전과는 달리 기교를 배제한 정직한 검로였다.

오로지 힘과 힘의 싸움,

그러나 명진은 운현의 검을 받아 주지 않았다.

"어?"

양다리를 쭉 찢으며 푹 꺼지듯 사라지는 명진.

이윽고 그가 있던 자리를 지나 무언가가 운현을 향해 날아들었다.

"제, 젠장!"

당소문이 날린 비침이었다.

그것을 알아본 운현이 얼굴을 찡그렸다.

"비켜!"

소무결이 타구봉을 풍차처럼 회전시키며 간신히 당소문의 비침을 걷어 냈다.

운현이 당소문을 노려봤다.

"너 인마, 똑바로 보고…… 으헉!"

운현이 기겁을 하며 고개를 뒤로 젖혔다.

번쩍하며 치고 올라오는 명진의 검.

아슬아슬하게 운현을 스쳐 지나가던 명진의 검이 검로를 틀었다.

"망할!"

소무결이 기겁을 하며 타구봉을 돌렸다.

그러나 급하게 대응하다 보니 이곳저곳에 듬성듬성 구멍이 뚫려 있었다.

그리고 그 구멍을 못 본 체 내버려 둘 명진이 아니었다.

명진의 검이 소무결의 허점을 파고들었다.

쉬익!

등골을 서늘하게 만드는 날카로운 소리.

소무결이 하얗게 질린 얼굴로 식은땀이라도 흘리려는 찰나.

쩡!

"물러서!"

"거기까지!"

백운설과 천영영의 검이 동시에 명진의 검을 찍어 눌렀다.

뚝 떨어져 내리는 명진의 검을 보며 겨우 한숨을 돌리던 소무결.

하지만 이내 눈을 동그랗게 뜰 수밖에 없었다.

"어?"

검 끝은 뚝 떨어져 내리는 반면, 명진의 손목은 그대로였기 때문이다.

그리고 마침내 명진의 검 끝이 백운설과 천영영의 검날에 아슬아슬하게 걸리는 순간.

퉁!

자그마한 소리와 동시에 명진의 검이 쉭 하고 치고 올라
왔다.

"으헉!"

명진이 제대로 힘을 쓰고 있지는 않았지만 저 정도로도
소무결 등의 실력을 알아보기엔 충분했다.

종잡을 수 없는 궤적을 남기는 명진의 검을 상대하는 것
은 아무리 수가 많아도 쉽지 않은 일이다.

그런 그의 검을 어찌어찌 받아넘기며 버티고 있다는 것
은 결국 저들이 자신들의 아래가 아니라는 뜻이나 다름없
었다.

정주형이 철무한을 돌아봤다.

"쟤들…… 제법인데요?"

"그러게."

팔짱을 끼고 있던 철무한이 떨떠름한 얼굴로 고개를 끄
덕였다.

확실히 실력이 좋다고 생각했다.

'기아 녀석한테 꽤 오래 배웠다고 하더니…….'

솔직한 감상으로는 패천성의 아이들보다 한발 앞서 나가
고 있다고 생각했다.

따라잡으려면 꽤나 고생해야 할 것이다.

그러나 정작 철무한의 얼굴을 떨떠름하게 만든 것은 소무결 등이 아니라 명진이었다.

'또 늘었군.'

예전이라면 흠칫흠칫 놀랐겠지만 이제는 그러려니 했다. 한두 번도 아니고 볼 때마다 성장하는 모습에 매번 놀라움을 표현하는 것도 머쓱해진 것이다.

'저런 괴물을 내가 상대해야 한다고?'

눈앞이 캄캄했다. 엄두가 나지 않을 정도다. 아무리 노력한다 해도 불가능하다는 생각이 먼저 들었다.

철무한이 아이들 몰래 한숨을 내쉬는데 주위를 휘휘 둘러보던 임무일이 철무한을 툭 쳤다.

"근데……."

"왜?"

"단 씨 할배가 안 보이는데?"

"응?"

철무한만이 아니었다. 한자리에 있던 패천성 아이들의 시선이 불안하게 흔들리며 임무일에게 몰려들었다.

아직까지도 격전을 치르고 있는 정무맹의 아이들과 명진은 더 이상 관심사가 되지 못했다.

정주형이 목을 잔뜩 움츠리며 주위를 돌아봤다.

"에이, 설마…… 아직 날도 밝은데……."

고민우 역시 비슷한 얼굴로 주위를 살폈다.

"그, 그렇지? 지난번에 발작한 뒤로 얼마 지나지도 않았는데."

혁련강이 딱딱하게 굳은 얼굴로 욕설을 내뱉었다.

"젠장!"

임무일이 혁련강을 돌아봤다.

"왜 그래?"

혁련강은 대답 없이 담장 위를 향해 턱짓했다.

모용기와 봉마곡의 노인들이 앉아 두런두런 얘기를 나누던 담장 위는 어느새 휑하니 비어져 있었다.

임무일이 얼굴을 와락 구겼다.

"망할!"

정주형이 주위를 휘휘 둘러보며 뒷걸음질 쳤다.

"이, 이럴 때가 아니고……."

"어, 얼른 튀어야……."

다른 아이들과 마찬가지로 불안한 얼굴을 하고 있던 안은희가 명진 등을 향해 턱짓을 했다.

"쟤, 쟤들은?"

"지금 쟤들이 문제야? 일단 우리부터 살아야……."

임무일이 불안한 얼굴로 주위를 살피며 당장이라도 몸을 날리려 다리에 힘을 주는 순간.

"이놈들! 감히 예가 어디라고 겁도 없이 쳐들어온 것이냐! 죽고 싶은 것이냐!"

강력한 기파에 땅이 부르르 떨리는 것만 같았다.

여유로운 얼굴을 하고 아이들의 검을 받아 넘기던 명진이 휘청하더니 이내 중심을 잡으며 표정을 굳혔다.

간신히 균형을 잡은 소무결이 긴장한 얼굴로 주위를 휘휘 둘러봤다.

"어? 이, 이게 뭔……."

"대, 대체 누가……."

운현 역시 긴장한 얼굴로 소무결의 시선을 따라갔다.

그리고 그 끝에는 좁은 방 안에서 어눌한 얼굴을 하고 있던 노인.

단정순이 어눌했던 기색은 어느덧 지워 내고 강한 위압감을 발산하고 있었다.

"황궁에 침입하다니 겁이 없구나! 내 오늘 네놈들을 뼈째 씹어 먹고야 말겠다!"

소무결이 당황한 얼굴로 명진을 찾았다.

"야, 저 할배 왜 저래?"

"우리가 뭘 잘못한 거야? 저 할배가 왜……."

백운설과 천영영, 당소문 역시 비슷한 얼굴로 명진을 쳐다봤다.

긴장한 기색이 역력한 표정으로 미간을 찌푸리고 있던 명진의 입에서 한마디가 흘러나왔다.

"튀어."

❖ ❖ ❖

"젠장!"

길을 막아서는 수풀을 거칠게 검으로 쳐낸 남궁서천이 욕설을 내뱉었다.

벌써 칠 주야째.

그동안 산길을 헤집고 다녔지만 여전히 같은 자리를 맴돌 뿐이었다. 분명 흔적을 남기고 움직였음에도 어떻게 된 것인지 항상 제자리였다. 처음 다른 아이들과 마주했던 바로 그 현상이었다.

"진법이……."

생각했던 것보다 강력했다. 무슨 짓을 해도 항상 그 자리였다.

백운설이 길을 찾은 것이 천운이나 다름없었다는 사실을 그제야 알 수 있었다.

남궁서천이 한숨을 내쉬며 검을 내렸다.

한참 전부터 머리가 빙빙 도는 것이 몸 상태가 정상이 아니었다.

"큰일이군."

다른 것은 둘째 치고 체력이 문제였다. 간간이 휴식을 취하고 있었지만, 먹는 문제는 쉽사리 해결할 수 없는 부분이었다.

곱게 자란 그였기에 자연 그대로인 환경에서 제대로 된 먹을 것을 찾을 수가 없어 체력을 보충할 수가 없었다.

남궁서천이 시선을 들었다.

"먹을 것을 구해야겠는데……."

산짐승은 무리였다. 초보자의 눈에는 잘 띄지도 않을 뿐더러 어떻게 찾는다 해도 귀신같이 기척을 느끼고는 몸을 숨겨 버리는 통에 도저히 잡을 수가 없었다.

결국 그의 시선은 손이 닿을 수 있는 거리에 있는 것들로 한정될 수밖에 없었다.

그중에서 가장 먼저 눈에 들어온 것은 버섯이다.

그러나 알록달록 화려한 색을 뿜내는 버섯을 보며 남궁서천은 고개를 저을 수밖에 없었다.

"저건 안 되겠군."

경험해 보지 못했다곤 하나, 들은 것이 없는 것은 아니었다. 화려한 색을 뿜내는 버섯이 독버섯이라는 것쯤은 남궁서천도 어렵지 않게 알 수 있었다.

"풀뿌리?"

손쉽게 찾을 수 있어서 지난 며칠간 주린 배를 채워 줬던 것이다.

그러나 그의 두 눈에 망설임이 자리했다.

맛은 둘째 치고 체력을 보충하기에는 턱없이 부족했던 게다.

하여 정 먹을 게 없다면 모를까 일단은 접어 두고 다른 것을 찾기로 했다.

이내 다시금 발걸음을 옮기는 남궁서천.

어지럼증으로 인해 시야가 흐릿해지는 느낌이었지만 필사적으로 다리를 움직였다.

그러나 한참을 이동해도 결국은 같은 자리.

"어쩔 수 없나?"

결국에는 지친 얼굴로 다시 풀뿌리로 시선을 가려가려던 남궁서천이 한순간 눈을 반짝였다.

"음?"

우거진 나뭇잎 사이로 모습을 감춘 채 살짝만 일부를 드러내고 있는 것.

"과일?"

그것은 분명 과일처럼 보였다.

남궁서천이 남은 힘을 모조리 짜내며 훌쩍 뛰어오르더니 획 검을 그었다.

이내 툭 소리가 나더니 제법 과실이 달린 나뭇가지가 툭 떨어져 내렸다.

남궁서천이 그제야 안도의 한숨을 내쉬었다.

아직 덜 익은 듯 푸른빛으로 가득했지만 풀뿌리보다는 나을 터였다.

남궁서천이 급한 손길로 과일 하나를 들고는 크게 한입

베어 물었다.

"으음……."

역시나 떫은맛이 가득했다.

그러나 풀뿌리보다는 덜했고, 한참을 씹다 보면 조금은
단맛도 느껴졌다.

남궁서천이 허겁지겁 십여 개의 과일을 먹어 치우고는
그제야 만족한 얼굴을 했다.

"이제 좀 살겠군."

풀뿌리를 캐 먹을 때보다는 확실히 힘이 붙는 느낌이었
다.

모처럼 만에 느끼는 포만감을 한동안 만끽하던 남궁서천
은 이내 자리에서 일어서서 과일 몇 개를 더 챙겨 들었다.

"이 정도면 당분간은 문제없겠지."

남궁서천은 고개를 들었다. 다시 움직일 시간이었다.

그리고는 막 한 걸음을 떼려는 찰나.

"어?"

시야가 급격하게 빙글빙글 돌기 시작했다.

"이, 이런!"

푹!

바닥에 검을 꽂아 억지로 버텨 보려 했지만, 한번 무너지
기 시작한 두 다리는 그의 말을 듣지 않았다.

털썩!

그대로 바닥에 널브러지는 남궁서천.

이윽고 눈앞이 점차 희미해졌다.

그 순간 눈앞에 모습을 드러내는 익숙하지만 반갑지만은 얼굴 하나.

"가지가지 한다, 진짜."

그 목소리를 끝으로 남궁서천이 의식을 놓아 버렸다.

남궁서천이 가만히 눈을 떴다. 그동안 자신을 괴롭히던 어지럼증은 더 이상 찾아볼 수가 없었다. 가만히 한숨을 내쉬던 그가 한순간 몸을 벌떡 일으켰다.

"여, 여긴……."

손바닥만 하게 보인다 해도 부족할 만큼 아담한 것을 넘어 궁색하게 보이는 좁은 방 안.

낯선 환경에 남궁서천이 당황한 얼굴을 했다.

그러나 자신의 옆에 고이 놓인 자신의 검을 확인하고는 조금은 안도의 기색을 보였다.

그것도 잠시, 어느새 딱딱하게 얼굴을 굳힌 남궁서천이 자신의 검을 덥석 움켜쥐고는 자리에서 벌떡 일어섰다.

그리고는 거친 손길로 방문을 열어젖혔다.

쾅!

"어?"

"뭐야?"

꼬질꼬질한 행색으로 흙바닥에 아무렇게나 널브러져 있는 아이들.

자세히 보니 소무결을 비롯한 정무맹의 아이들이었다.

소무결이 힘겹게 상체를 일으키며 남궁서천을 쳐다봤다.

"꿍차! 야, 너 몸 좀 괜찮냐?"

"어? 그, 그래."

남궁서천이 엉겁결에 고개를 끄덕였다. 그러나 곧 상황을 파악하고는 다시 얼굴을 딱딱하게 굳힌 채 걸음을 옮기기 시작했다.

운현이 소무결처럼 힘겹게 상체를 일으키며 남궁서천을 불렀다.

"꿍차! 너 또 어디 가?"

그러나 남궁서천은 말도 섞기 싫다는 얼굴로 걸음만 움직일 뿐이었다.

그러나 때마침 돌아오던 모용기가 남궁서천의 앞을 막아섰다.

"너 또 어디 가?"

"비켜라."

모용기가 한숨을 푹 내쉬었다.

"그 고생을 하고 또 나가겠다고? 그냥 포기하지?"

"네가 신경 쓸 바 아니다. 비켜."

"네가 쏘다니면 내가 고생하니까 그런 거잖아. 닥치고

그냥 들어가."

"비키라고 했다."

남궁서천은 여전히 물러섬이 없었다. 모용기가 얼굴을 찡그렸다.

'그냥 팰까?'

잠깐 고민했지만 고개를 저을 수밖에 없었다. 남궁서천은 다른 아이들과는 다르기 때문이다.

타고난 성정도 그렇고 다른 아이들처럼 투닥거리다가도 웃을 수 있을 만큼 친분이 깊은 것도 아니었다.

"그래, 자식아. 가라, 가. 가서 죽어도 나 원망하지 말고."

"걱정하지 않아도 된다."

그리고는 모용기의 어깨를 탁 소리가 나도록 치며 지나 갔다.

"저걸 진짜……."

모용기가 얼굴을 찡그리는데 다른 아이들보다 더한 거지 꼴의 명진이 어느새 그의 옆으로 다가섰다.

"그냥 놔둬도 되나?"

"그럼 어쩌자고? 성질이 지랄 맞은데."

"흐음……."

명진이 애매하다는 눈으로 남궁서천의 뒷모습을 쳐다봤다.

그러나 이내 고개를 저으며 소무결 등에게로 관심을 돌 렸다.

"쟤들은 괜찮고?"

"왜? 걱정되냐?"

"아무래도 버티기가 어려울 것 같아서……."

명진의 말에 운현이 발끈하며 고개를 쳐들었다.

"이 정도는 아무것도 아니거든! 너만 잘난 줄 알아?"

명진이 운현을 물끄러미 쳐다보다가 이내 신형을 돌렸다.

"그럼 다행이고."

그 말을 남기고 멀어져 가는 명진의 뒷모습을 운현은 여전히 심통이 가득한 얼굴로 쳐다봤다.

소무결이 운현을 힐끔거렸다.

"너 왜 그래? 제 딴에는 걱정돼서 하는 말인데."

"걱정은 개뿔! 넌 열도 안 받냐? 제 아래에 있다는 듯이 거만하게 내려다보고 있는데?"

"야, 쟤가 뭘 또 그랬다고. 너 쟤 성격 몰라서 그래? 쟤가 그럴 성격이야? 이건 왜 또 이렇게 날이 섰어?"

"내가 뭐가 날이 서? 저 자식이 우릴 깔보니까……."

운현이 여전히 분이 풀리지 않는다는 얼굴로 씩씩거리는데, 소무결 등과 비슷한 꼴을 하고 있던 천영영이 참다못해 빽 하고 소리를 질렀다.

"시끄러! 입 다물고 좀 편하게 쉬면 안 돼? 이럴 시간이 어디 흔한 줄 알아?"

천영영의 타박에 운현이 움찔하더니 입을 다물었다.

그리고는 아무렇게나 널브러지는 소무결을 따라 자신도 땅바닥에 드러누웠다.

'아무래도 저 자식은……'

운현을 보며 눈을 빛내던 모용기는 픽 웃음을 흘리며 백운설에게 다가갔다. 그나마 소리라도 지를 힘이 있었던 다른 아이들과는 달리 백운설은 바닥에 널브러진 채 미동도 하지 않으며 배만 오르락내리락 했다.

모용기가 백운설 옆에 쪼그려 앉으며 옆구리를 콕콕 찔렀다.

"야, 좀 괜찮냐?"

"아! 아야! 야, 모용기 너 죽을…… 켁! 켁!"

빽 하고 소리를 지르려던 백운설이 숨이 막히는지 켁켁거리는 소리를 냈다.

그러나 모용기는 아랑곳하지 않고 옆구리를 찔러댔다.

"아야! 아! 야 너! 켁켁! 저, 저리 가라고! 켁켁켁!"

"이렇게라도 해야 네가 살 것 같아서. 그냥 넋 놓고 있다가는 진짜 죽는다고."

말과는 다르게 히죽거리며 웃음을 보이는 모용기의 모습에 천영영이 한숨을 내쉬었다.

"쟤는 진짜 악마라니까."

참룡
회귀록

斬龍回歸錄

46 章.

 과장을 좀 보태서 집채만 한 멧돼지를 정주형과 고민우
가 끙끙거리며 들고 왔다. 한쪽 구석에 쿵 소리가 나도록
아무렇게나 멧돼지를 집어 던진 정주형이 거칠게 숨을 몰
아쉬며 바닥에 드러누웠다.

 "아이고, 죽겠다."

 아무리 내력의 도움을 받는다고 해도 힘이 드는 것은 무
인들 역시 마찬가지다. 목덜미를 타고 주르륵 흘러내리는
땀을 슥 닦아 낸 고민우가 겨우 한숨을 돌리고는 시선을 돌
렸다.

 여전히 아무렇게나 나자빠져 있는 정무맹의 아이들.

 고민우가 걸음을 옮겨 가장 무던한 성격의 소무결에게

137

다가갔다.

"좀 살 만하냐?"

"마, 말 걸지 마. 진짜 죽을 것 같아."

소무결이 다 죽어 가는 얼굴로 겨우 목소리를 짜냈다.

고민우가 알 만하다는 얼굴로 고개를 끄덕였다.

자신들 역시 경험했던 바였기 때문이다.

하루가 멀다 하고 돌아가면서 정신을 놓는 봉마곡의 노인들.

거기에 시달리다 보면 하루하루가 전쟁이었다.

정무맹의 아이들은 어느 정도 단련이 된 상태로 들어와서 그나마 이 정도였다.

반면 아무런 준비도 없이 봉마곡으로 들어섰던 자신들은 어디 한군데 부러지는 일 정도는 다반사일 정도로 지옥을 맛봤었다.

"그래도 시간이 지나면 적응되니까 좀 더 버텨 봐."

"씨, 씨발. 내가 왜 이걸 적응해야 하는데?"

소무결이 억울하다는 눈을 했다. 고민우는 말 대신 어깨를 들썩일 뿐이었다.

그러나 정주형은 생각이 달랐다.

"그럼 적응 안 하고 언제까지 얻어먹기만 하려고? 너희들 때문에 우리가 더 고생하고 있는 거 안 보여? 가뜩이나 죽을 지경인데 입만 더 늘어서 일거리가 배로 늘어났다고."

널브러져 있던 운현이 얼굴을 구기며 상체를 일으켰다.

"누가 너보고 밥 달랬어? 우린 그런 말 한 적 없거든? 지들이 좋다고 챙겨 줄 땐 언제고 이제 와서 딴소리야?"

"야, 얌마!"

소무결이 당황한 얼굴로 운현의 입을 틀어막으려 했다. 그러나 이미 말이 쏟아진 후였다.

정주형이 눈을 빛내며 상체를 일으켰다.

"그럼 너희들 밥은 안 챙겨 줘도 된다 이거지? 잘됐네. 안 그래도 슬슬 너희들 밥은 알아서 해 먹으라고 할 참이었는데. 내일부턴 너희들이 알아서 해."

정주형이 끼어들 틈을 주지 않고 말을 끝내 버렸다.

"아, 아니 그게……."

소무결이 뒤늦게 쏟아진 물을 주워 담아 보려 했지만, 정주형은 들은 척도 하지 않고 제 거처로 쏙 들어가 버렸다.

그 뒷모습을 보며 한껏 안타까운 표정을 짓던 소무결이 자신을 멀뚱멀뚱 쳐다보고 있는 고민우에게로 시선을 돌렸다.

그에 정주형의 거처를 힐끔 쳐다본 고민우가 입을 열었다.

"내가 너희들 도와주면, 저 자식이 내 밥에 독 타 버릴지도 몰라."

그리고는 정주형을 따라 거처로 쏙 들어가 버렸다.

소무결이 와락 얼굴을 일그러트리며 운현을 쳐다봤다.

"이 자식! 왜 쓸데없는 소리를 해 가지고는!"

"뭐가? 그깟 밥 우리가 해 먹으면 되지, 뭘 그래? 차라리
잘됐네. 꼴 보기 싫은 것들 도움 안 받아도 되고."

"이게 진짜! 너 밥 해 봤어?"

당연히 해 본 적이 없었다.

운현이 천영영과 백운설을 쳐다봤다.

"나도 해 본 적 없는데……."

"난 누가 해 주는 것만 먹어서……."

천영영과 백운설이 슬며시 시선을 돌렸다.

운현이 얼굴을 찡그리다가 그래도 지기는 싫은지 다시
입을 열었다.

"그럼 쟤들처럼 멧돼지 잡아다 구워 먹으면 되지. 그러면
될 거 아냐?"

운현의 말에 소무결이 어처구니가 없다는 얼굴로 했다.

그리고는 짜증이 가득한 눈으로 운현을 다시 쳐다봤다.

"멧돼지 잡아 본 적은 있고?"

"당연히…… 없지."

"근데 무슨 수로 잡으려고?"

소무결의 질문에 운현이 대수롭지 않다는 얼굴로 말했
다.

"그걸 꼭 해 봐야 알아? 그깟 멧돼지 칼질 몇 번 하면 끝

나는 거 아냐?"

"헐……."

소무결이 헛웃음을 흘렸다.

몰라도 너무 모른다.

소무결이 한숨을 푹 내쉬며 입을 열었다.

"그럼 네가 가서 한 마리 잡아 와 봐."

"야! 너 지금 나 무시하냐? 내가 그 정도도 못 할 줄 알
고?"

"알았으니까 한 마리 잡아 오라고."

운현이 발끈한 얼굴로 자리에서 벌떡 일어섰다.

"그깟 멧돼지 내가 지금 당장 잡아 온다. 그러니까 너 딱
기다려."

그리고는 어디서 힘이 솟는지 몸을 휙 날렸다.

당소문이 소무결을 쳐다봤다.

"멧돼지 죽이는 게 그렇게 어려워?"

"아니, 죽이는 건 쉽지."

당소문이 눈에 의문을 품었다.

"그럼 왜……."

"보면 알아."

그리고 그날 해가 질 무렵, 운현이 빈손으로 산에서 내려
왔다.

당소문이 운현을 쳐다봤다.

"너 왜 빈손이냐?"

"쌍! 뭐가 보여야 잡지!"

"왔느냐?"

유진산이 아는 체를 하자 모용기가 고개를 끄덕였다.

"연아는 좀 어때요?"

유진산이 안채를 향해 턱짓을 했다.

"직접 보거라."

모용기가 고개를 끄덕이고는 제갈연의 거처로 걸음을 옮겼다. 문 앞에 도달한 모용기는 크게 호흡을 하며 내력을 돌렸다. 심맥을 단단히 보호하려 하는 것이다.

모용기가 조심스레 문을 열었다.

갖은 약재 향이 훅 몰아치는 가운데 비릿한 내음 하나가 유독 그의 후각을 자극했다.

'아직⋯⋯.'

완전히 독기가 빠지지 않은 탓이다.

그러나 모용기를 맞이하는 제갈연의 얼굴은 전과 달리 많이 좋아 보였다.

제갈연이 방긋 웃으며 그를 바라봤다.

"왔어요?"

제갈연이 입을 열 때 비릿한 내음이 한결 강렬해졌다.

모용기가 얼굴을 딱딱하게 굳혔다.

'이거 어째 독향이 더 진해진 것 같은데?'

보름 전에 들렀을 때보다 독향이 더 또렷해진 느낌이었
다.

모용기가 얼굴을 찌푸린 채 미간을 좁히자 제갈연이 고
개를 갸웃거렸다.

"왜 그래요?"

"아냐, 아무것도…… 그보다 몸은 좀 어때?"

"많이 좋아졌어요."

"정말?"

"예. 이제는 아프지도 않다니까요. 몸에 조금씩 힘도 붙
는 것 같고……."

"그럼 다행이네."

모용기가 고개를 끄덕였다. 제갈연이 모용기의 눈치를
보며 조심스럽게 말을 이었다.

"그래서 말인데, 이제 그만 나가면……."

"그건 내가 정할 수 있는 게 아니고."

"모용 공자가 어르신과 친하니까 말을 좀……."

"야, 말이 되는 소리를 해. 친하고 말고의 문제가 아니라
네 몸이 다 나았느냐 안 나았느냐의 문제라고. 괜히 덧나기
라도 하면 진짜 답도 없다고."

모용기의 말에 제갈연이 입을 다물었다. 자신을 걱정해
서 하는 말이라는 것을 잘 알기 때문이었다. 그러나 불만이

남는 것은 어쩔 수 없는지 입술을 삐죽거렸다.

모용기가 손가락으로 제갈연의 삐죽 튀어나온 입술을 콕 찍었다.

"어? 뭐, 뭐예요?"

"입술 집어넣으라고. 일단 물어보긴 할게."

소매로 입술을 슥슥 닦던 제갈연이 반색을 했다.

"진짜요?"

"그래. 그래도 너무 기대하지는 마. 유 씨 할배가 안 된다고 하면 나도 어쩔 수 없는 거거든."

헤실거리며 웃음을 머금던 제갈연의 얼굴이 멈칫했다.

"어…… 그, 그러니까……."

더듬더듬 뚝뚝 끊어지는 제갈연의 목소리에 모용기가 픽 웃음을 흘렸다.

"뭘 기대한 거야? 내가 유 씨 할배한테 너 내보내 달라고 조르기라도 할 줄 알았어?"

"아니, 그게……."

"꿈 깨. 난 그런 짓은 안 해. 한마디 더 보태자면, 너 나갈 수 있을 확률보다 그러지 못할 확률이 압도적으로 높다고. 할배, 내 말 맞죠?"

"할배?"

제갈연이 어리둥절한 얼굴을 하다가 뒤늦게 들어서는 유진산을 보고는 눈을 동그랗게 떴다.

"어?"

유진산이 제갈연에게 다가왔다.

"뭘 그렇게 놀라느냐? 한두 번도 아니면서."

"그러니까 기척이라도 좀……."

"기척은 냈다. 네가 둔해서 그런 거지. 이 녀석은 알아보지 않느냐?"

"그, 그건……."

제갈연이 얼굴을 찡그렸다.

유진산은 픽 웃으며 모용기의 옆으로 의자를 끌어당겼다.

"그보다 그 얘기를 해 보자꾸나."

"그 얘기라구요?"

모용기가 유진산을 쳐다봤다. 유진산이 고개를 끄덕이며 말을 이었다.

"이 아이 얘기 말이다. 너도 눈치 챘겠지? 독기가 더 빠지지 않는다는 것 말이다."

"어? 그건……."

모용기가 당황한 얼굴로 제갈연을 쳐다봤다. 제갈연 역시 동그랗게 눈을 뜨고 깜빡거리기 시작했다.

"어차피 이 아이 일이다. 본인도 알아야 할 일이지."

유진산의 말에 모용기가 끙 하고 앓는 소리를 냈다.

제갈연이 유진산을 쳐다보며 질문했다.

"무슨 말씀이신지……."

"말 그대로다. 네 몸에 침투한 독이 더 이상 빠지질 않는다는 말이다. 당가 놈이 쓴 독이 워낙 독해서…… 하긴 그 정도가 아니었다면 오독문의 독을 제어하기도 힘들었겠지."

유진산이 끌끌 혀를 찼다. 제갈연이 당황한 얼굴을 했다.

어, 어 하며 멍청한 얼굴을 하는 제갈연을 대신해 모용기가 유진산에게 질문했다.

"그럼? 그럼 어떻게 하는데요?"

"내가 어떻게 중화라도 해 보려고 했는데 그것조차도 쉽지가 않더구나."

"아니, 그러니까……."

답답하다는 얼굴을 하던 모용기가 한순간 눈알을 데굴데굴 굴렸다.

"쉽지가 않다는 거면 되기는 된다는 거네요?"

"되지. 되긴 되는데 그게 좀 오래 걸릴 게다."

"얼마나요?"

"빠르면 십 년이긴 한데, 그건 일이 잘 풀렸을 때나 얘기다. 아무래도 삼십 년은 족히 걸리겠구나."

"헐……."

모용기가 저도 모르게 헛웃음을 흘렸다.

제갈연이 커다란 눈을 깜빡깜빡하다가 간신히 입을 열어

유진산에게 질문했다.

"그, 그렇게 오래요?"

"시간이 너무 흘렀어. 두 가지 독이 아주 독하게 틀어박
혔더구나."

"그, 그럼……."

유진산이 문득 입을 다물었다.

그리고는 제갈연과 모용기를 번갈아 쳐다보더니 한참이
지난 후에야 다시금 입을 열었다.

"방법은 두 가지다. 먼저 말한 것처럼 내가 중화시켜 줄
때까지 기다리거나……."

"기다리거나?"

유진산과 시선을 맞추고 있던 제갈연이 침을 꿀꺽 삼켰
다.

유진산은 제갈연에게 시선을 떼며 모용기를 쳐다봤다.

"아니면 제 스스로 흡수하든 밀어내든 해야겠지."

유진산이 말을 끝내자 모용기가 황당하다는 얼굴을 했
다.

"그게 되면 할배를 찾지도 않았죠."

"그때는 안 됐지만 지금은 된다."

"아니, 그러니까……."

"내가 독기를 안정시켜 뒀으니까 이제 내력을 돌려도 큰
문제는 없을 게다."

유진산이 제갈연을 쳐다봤다.

"너도 느꼈겠지? 내력이 조금씩 움직이고 있다는 것을."

"어? 그, 그건……."

"그렇다고 막 움직이란 말은 아니다. 조금씩 움직이다 보면 큰 문제는 없을 게다."

"그, 그렇긴 한데……."

제갈연이 떨떠름한 얼굴로 고개를 끄덕였다.

모용기가 제갈연과 유진산을 번갈아 쳐다보다가 다시 입을 열었다.

"그럼 이제 나가서 내공만 수련하면 돼요?"

"그렇긴 한데……."

"그렇긴 한데?"

"뭘 그렇게 계속 물어보느냐? 네 녀석도 알 것 아니냐? 아무거나 막 주워 먹으면 안 된다는 것을."

해독하는 데 몇십 년이나 소요될 정도의 독을 제어하려면 그 못지않을 정도로 강력한 내공심법이 필요하다는 뜻이었다.

그 뜻을 알고 있던 모용기가 얼굴을 찡그렸다.

"그러니까 그런 심법을 어디서 구하냐고요? 보니까 할배가 익힌 심법으로도 감당이 안 되는 것 같은데……."

"감당은 된다."

유진산의 말에 모용기가 눈을 동그랗게 떴다.

"어? 돼요? 그럼 할배가 가르치면……."

그러나 유진산은 고개를 저었다.

"꿈도 꾸지 말거라. 내가 익힌 심법은 조금 불안정한 면이 있어서 어설프게 덤비다간 기껏 안정시켜 놓은 독이 다시 발작할지도 모르니까. 아니, 필시 그리될 게다."

모용기가 얼굴을 찡그렸다.

"그럼 어디서 배우라고요? 할배 말대로라면 소림의 역근경이나 세수경 정도는 되어야 될 것 같은데, 그걸 무슨 수로 구해요?"

차라리 소림을 멸문시키는 것이 더 쉬울지도 모를 일이었다. 모용기가 난감하다는 얼굴을 하고 있는데 유진산이 대수롭지 않다는 얼굴로 불쑥 입을 열었다.

"굳이 역근경이나 세수경은 필요 없고. 단가 놈이 있지 않느냐?"

모용기가 눈알을 데굴데굴 굴렸다.

"단가 놈…… 단 씨 할배요?"

백운설과 천영영이 꼬질꼬질한 몰골로 팽연옥의 거처로 들어섰다.

물에 젖은 손을 앞치마에 슥슥 닦으며 밖으로 나서던 팽연옥이 대번에 눈을 부라렸다.

"이년들아! 지금 그 꼴이 뭐냐? 그 꼴로 밥을 하겠다는 게야, 말겠다는 게야?"

백운설이 당황한 얼굴을 했다.

"하, 할머니…… 그, 그게……."

"시끄럽다, 이년아! 당장 가서 씻고 오지 못해? 그 꼴로 만든 밥을 네년이라면 먹을 수 있겠어?"

백운설과 천영영이 울상을 했다. 그러나 팽연옥이 한 번 더 눈을 부라리자 어쩔 수 없다는 얼굴로 팽연옥의 거처를 나서 냇가로 향했다.

한쪽 구석에서 조희진과 채소를 다듬고 있던 철소화가 입술을 삐죽거렸다.

"할매는 왜 맨날 우리만 닦달하지? 오빠들도 많은데 매번 우리만 찾아서 밥 시키고."

"이년이! 그게 그렇게 억울하면 사내놈들이랑 같이 밭 갈고 집 고치고 하면 될 게 아니냐? 지난밤에 단가 영감이 또 정신 놓고 지붕 뚫어서, 지금 그거 고치느라 고생하고 있는 거 안 보여? 그 고생을 하는데 밥이라도 제대로 먹여야지."

철소화가 얼굴을 찡그렸다. 뭐라 대꾸할 말이 없었던 탓이다. 그래서 다른 말을 했다.

"그 할배는 왜 정신만 놓으면 그렇게 사나워진대? 평소에는 좀 어눌하게 보여도 이것저것 잘 챙겨 주면서, 정신만 놓으면 완전히 다른 사람이 된 것처럼."

"그 영감이 평생 참고만 살아서 그래."

팽연옥의 말에 철소화는 물론이고 조희진마저 황당하다는 얼굴을 했다.

"아니, 단 씨 할아버지가 왜……."

많이 겪어 보진 못했지만 어눌해 보이는 인상과는 달리 단정순의 무공이 대단하다는 것은 어렵지 않게 알아볼 수 있었던 탓이다. 그 정도면 남의 눈치를 볼 일도 없고 참을 일도 없다 여겼다.

팽연옥이 조희진을 힐끔 쳐다보고는 말을 이었다.

"그 영감이 대리 단가거든."

"대리…… 요?"

"그래. 그 영감 윗대가 대리국의 황족이었어. 그러니까 그 영감 숙원이 뭐였겠냐? 당연히 대리국의 재건이지. 그런데 그런 일을 단순히 무공만 강하다고 할 수가 있겠어? 어림도 없지. 물자도 필요하고, 사람도 필요하고, 일생이 여기저기 아쉬운 소리를 하는 것의 반복이었지. 그 덕에 나도 얼마나 시달렸던지……."

과거의 일이 떠오른 팽연옥이 질렸다는 얼굴로 고개를 절레절레 저었다.

"어쨌든 매번 아쉬운 소리를 해야 하는데 제 성질대로 할 수가 있었겠느냐? 화가 나는 일이 있어도 참고 또 참아야지. 그걸 젊었을 적에는 누르고 또 눌렀는데, 이제는 그럴 필요가 없으니 불쑥불쑥 터져 나오는 게다. 그래도 몸에 밴 게 있어서 제정신일 때는 그러지 않는데, 정신만 놓으면 그렇게 터지더구나."

팽연옥의 말에 채소를 다듬던 것도 까맣게 잊어 먹은 채 이야기를 듣고 있던 철소화가 짝 하고 손뼉을 쳤다.

"그래서 정신만 놓으면 황궁, 황궁 그러는 거구나?"

"그렇지. 그러니까 너희들도 그 영감 제정신일 때 너무 타박하지 말아라. 평생을 되지도 않을 일 때문에 질질 끌려 다니다가 이제야 숨통이 트이기 시작한 영감이니까."

철소화가 팽연옥을 향해 눈을 흘겼다.

"타박은 할매가 맨날 하는 거고. 우리가 언제 단 씨 할배를 타박했다고?"

"요 계집애가 말끝마다 따박따박! 채소는 다 다듬은 게냐? 무슨 채소 다듬는 데 하루 종일 걸리는 게냐? 후다닥 해치우고 얼른 밥 해야지."

"이거 생각보다 많다고. 이걸 어떻게 후다닥해?"

"시끄럽다, 이년아. 얼른 해치우지 못해? 할 일이 산더미구만 언제까지 채소만 붙잡고 있을 게야?"

철소화가 얼굴을 찡그렸다.

그러나 눈을 부라리는 팽연옥에게 더는 대꾸하지 못하고 애꿎은 채소에 심술을 부렸다. 채소를 다듬는 손길이 거칠어졌다.

"고년 고거 성질머리 하고는⋯⋯."

팽연옥이 혀를 찼다.

그때 조희진이 무언가 궁금증이 가득한 얼굴로 팽연옥을 향해 질문했다.

"그럼 할머니는요?"

"응? 내가 왜?"

"할머니는 왜 그렇게 가루만 찾냐고요."

"응?"

훅 치고 들어오는 조희진의 질문에 주름이 자글자글하던 팽연옥의 눈매가 팽팽하게 당겨지며 크게 떠졌다.

철소화 역시 의문을 품은 얼굴로 팽연옥을 쳐다봤다.

"그러고 보니까 할매는 정신만 놓으면 왜 그렇게 가루를 찾아서 뿌리고 다녀? 할매가 당가도 아니고 왜 그러는 거야?"

탕! 탕! 탕!

못질을 하는 명진을 보며 소무결이 신기하다는 얼굴을 했다.

"와⋯⋯ 이게 박히네."

날카롭게 다듬었다고는 하지만 어디까지나 나무였다. 조금만 힘을 줘도 부러지거나 뭉그러지는 나무못이 굵은

153

기둥에 푹푹 틀어박히는 모습은 소무결은 물론이고 운현의 감탄을 자아내기에도 충분했다.

"그, 그러게. 이걸 어떻게 하는 거지? 이게 가능해?"

"가능하기야 하지. 우리 사부님이나 너희 사부님도 쉽게 하실걸?"

"그거야 사부님들이니까 그런 거고, 이게 우리 나이에 어떻게 가능하냐고? 이 자식 진짜 그때 그 백 년 하수오라도 처먹은 거 아니야?"

운현의 말에 소무결의 시선이 다시금 명진을 향했다. 찬바람이 불어오는 날씨에도 말없이 못을 박고 있던 명진이 이마에 흥건한 땀을 소매로 슥 닦아 내며 소무결을 쳐다봤다.

"안 먹었다."

"진짜야? 진짜 안 먹었어?"

"그래. 안 먹었다."

명진이 다시 한 번 확인시켜 주겠다는 듯이 고개를 끄덕였다. 그러나 운현은 여전히 믿을 수 없다는 얼굴로 명진에게 질문했다.

"야, 진짜 안 먹은 거 확실해? 이런 걸 하려면 내력이……"

그때 자재를 옮기던 정주형이 픽 웃으며 말했다.

"검기도 뽑는 놈인데 이 정도 가지고 새삼스럽게."

소무결과 운현이 눈을 동그랗게 떴다.

"뭐? 뭘 뽑아? 검기?"

"말도 안 돼. 애 나이가 몇인데 검기를……."

옆에서 함께 일을 하고 있던 고민우가 고개를 갸웃거렸다.

"뭐야? 몰랐어?"

소무결이 고민우를 쳐다봤다.

"뭐가?"

"명진 말이야. 쟤 검기 뽑는 거 몰랐어?"

소무결이 침을 꿀꺽 삼켰다.

"지, 진짜야? 쟤가 진짜 검기 뽑았어? 네 눈으로 직접 본 거 맞아?"

"나랑 주형이가 봤어. 그리고 우리 성의 무사들도 꽤 봤고."

제 눈으로 직접 봤다는데 더는 믿지 않을 수가 없었다. 소무결이 명진을 쳐다보며 믿을 수 없다는 듯이 두 눈을 부릅뜨는데 운현이 얼굴을 와락 구겼다.

"저 자식 먹었네, 먹었어!"

"그, 그러게. 너 인마, 먹었으면 먹었다 말을 하지 왜 거짓말을 해? 뿌리라도 한 조각 나눠 줄 것이지, 치사하게 그걸 홀딱 다 먹었냐?"

명진이 한숨을 푹 내쉬었다. 그리고는 다시 한 번 고개를 저었다.

"진짜 안 먹었다."

운현이 발끈한 얼굴로 목소리를 높였다.

"이게 끝까지! 왜 말을 못 해? '내가 백 년 하수오 먹었다!
내가 백 년 하수오 먹고 검기 뽑는다!' 라고 말을 하면 되지,
왜 말을…… 어라?"

거칠게 힐난하던 운현이 말을 끝까지 잇지 못하고 눈을
동그랗게 떴다. 명진이 품 안에서 백 년 하수오 뿌리를 힐
끔 내보인 것이다.

운현이 당황한 얼굴로 소무결을 쳐다봤다.

"저 자식 진짜 안 먹었나 본데?"

"그, 그러게? 그런데 어떻게 벌써 검기를……."

소무결이 미간을 좁혔다.

그리고는 무언가 고민하는 얼굴을 하지만 어려운 문제였
다.

이럴 때 가장 빠르게 답을 구할 수 있는 방법은 당사자에
게 직접 물어보는 것이었다.

소무결이 명진에게 질문을 하려 입술을 오물거리는 순
간.

시커먼 그림자가 불쑥 튀어나왔다.

딱! 딱!

"아얏!"

"윽!"

소무결과 운현이 이마를 감싸 쥐었다.

주원종이 못마땅하다는 얼굴로 소무결과 운현을 쳐다봤다.

"이놈의 자식들! 일 좀 하랬더니 고새를 못 참고 노닥거리고 있어? 이러다가 해 떨어지겠다."

운현이 울상을 한 채 투덜거렸다.

"할배는…… 지금 열심히 일하고 있는 거 안 보여요? 일하다가 잠깐 쉬는 거라고요!"

"열심히는 무슨! 열심히 했는데 아직도 지붕을 반도 못 덮었다고? 이 속도로 오늘 내에 다 할 수 있겠어? 단가 놈이 밤이슬 맞고 자다가 고뿔이라도 걸리면 네 녀석이 책임질 테냐?"

주원종의 말에 운현이 어이가 없다는 얼굴을 했다.

"헐…… 말이 되는 소릴 해요. 단 씨 할배가 무슨 고뿔이 걸려? 차라리 내가 명진이 저 자식처럼 검기를 뽑는다는 게 훨씬 더 말이 되겠네. 고뿔은 무슨. 얼음물에 집어넣어도 시원하다고 목욕하고 나올 사람인데."

"이놈 시키가 어른이 말하는데 따박따박 말대답은! 어른이 말하면 알았습니다 하면 될 것이지. 그러니까 네가 아직도 검기를…… 어라?"

얼굴을 구긴 채 말을 하던 주원종이 눈을 동그랗게 떴다.

운현이 고개를 갸웃거렸다.

"왜 그래요? 무슨 문제라도……."

"아, 아니 잠깐……."

주원종이 고개를 저어 운현의 말을 끊었다.

심각한 그의 얼굴에 소무결은 물론이고 정주형과 고민우의 시선까지 그에게 몰려들었다.

주원종이 여전히 미간을 좁힌 채 운현에게 질문했다.

"네 나이가 몇이지?"

"갑자기 내 나이는 왜……."

"시끄럽고. 묻는 말에나 대답하거라. 네 나이가 몇이지?"

"여, 열아홉인데……."

움찔하며 조그마한 목소리로 대꾸하는 운현을 보며 주원종이 황당하다는 얼굴을 했다.

"그런데 아직도 검기를 못 뽑는다고?"

쿵!

시커멓게 땡땡 붙은 남궁서천을 아무렇게나 던져 놓은 모용기가 어깨를 주물럭거리며 얼굴을 구겼다.

"빌어먹을 자식. 이 꼴통을 어떻게 하면 좋냐?"

밭을 갈다 휴식을 취하고 있던 철무한이 고개를 갸웃거렸다.

"얘는 또 왜 이래? 이번엔 또 뭐 때문에 이 모양이야?"

"뱀."

모용기의 짧은 대꾸에 임무일이 황당하다는 얼굴을 했다.

"아니, 배운 게 얼만데 뱀에 물려? 남궁 주제에 독공이라도 수련하겠대? 이거 진짜 미친놈 아니야?"

혁련강 역시 어이가 없다는 얼굴을 했다.

그러나 모용기가 고개를 저었다.

"뱀에 물린 게 아니고 뱀을 먹었다고. 내가 갔을 때 이 모양인 걸 보니 뱀 잡아먹으면서 독을 덜 뺀 것 같더라."

"헐…… 이게 진짜 머리가 텅텅 빈 거 아냐? 모르면 먹지를 말아야지 무턱대고 먹으면 어쩌자고……."

여전히 어이가 없다는 얼굴을 하는 임무일에게 고개를 저어 준 모용기가 이내 시선을 돌려 당소문을 쳐다봤다.

어딘가 못마땅하다는 듯 뚱한 표정을 짓고 있는 그.

모용기와 눈이 마주친 당소문이 먼저 질문했다.

"왜?"

"애 좀 고치라고. 이대로 내버려 두면 죽어."

당소문이 한숨을 푹 내쉬며 남궁서천에게 다가갔다. 이리저리 남궁서천을 뒤적거리며 상세를 살피던 당소문이 모용기를 쳐다봤다.

"무슨 뱀인지는 알고?"

"칠보독사."

"망할!"

당소문이 얼굴을 와락 일그러트렸다.

그리고는 남궁서천을 다루는 손길이 다급해졌다.

철무한이 모용기를 쳐다봤다.

"독한 거야?"

"독한 거지. 아직 살아 있는 게 용할 정도니까."

한번 물리면 채 일곱 걸음을 옮기기 전에 숨이 멈춘다 해
서 칠보독사란 이름이 붙은 놈이다. 남궁서천이 무공을 익
히지 않았다면 벌써 명을 달리했을 것이다.

"아무래도 안 되겠다. 황 씨 할머니께 보여야겠어."

당소문은 즉시 남궁서천을 업고 뛰었다.

남궁서천의 상세가 위급하다는 것을 한눈에 알아볼 수
있는 상황.

그러나 무덤덤한 얼굴을 한 모용기를 보며 목숨에는 지
장이 없다는 것을 눈치 챈 철무한은 이내 남궁서천에게 관
심을 끊고 다른 애기를 했다.

"독 애기하니까 생각난 건데, 제갈 소저는 어떻게 됐어?
여기 오고 나서는 한 번도 못 봤는데."

"안 그래도 이제 곧 내려올 거야."

"그래? 다행이네. 이제 다 나은 것 같아서."

철무한의 말에 모용기가 미간을 좁혔다.

"그게 말이지……."

"왜? 이제 내려온다면서? 그럼 다 나은 거 아니야?"

"그게 문제가 좀……."

"문제? 무슨 문제? 우리 할아버지가 그럴 리가 없는데?"

"아니, 너희 할아버지가 문제가 아니고……."

그러나 모용기는 이내 고개를 젓고 말았다.

"아냐, 됐어. 신경 꺼."

"왜?"

"네가 알아봐야 도움이 되는 것도 아니니까. 그보다 나도
독 하니까 생각난 건데, 넌 어떻게 됐어? 내가 준 건 잘 먹
고 있어?"

모용기의 말에 철무한이 움찔 몸을 떨었다. 그리고는 가
만히 고개를 돌려 모용기의 시선을 피했다.

모용기가 얼굴을 구겼다.

"너 이 자식! 제대로 안 할 거야? 그게 얼마짜린데?"

"어차피 우리 아버지한테 돈 다 받아 갔으면서 생색은."

"생색이 아니고 아까워서 그런다, 이 자식아. 잘 좀 하라고."

"야, 내가 하기 싫어서 안 하는 걸로 보여? 먹고 나면 진
짜 죽을 것 같으니까 그런 거지. 할 만한 걸 가르쳐 줘야지,
이건 뭐……."

"명진 따라잡겠다고 빠른 길 알려 달라고 한 건 너거든?
고새 잊어버렸어?"

"따라잡긴 확실히 따라잡겠더라. 오히려 훨씬 앞서겠던데? 저승 가는 길."

"안 죽어. 안 죽는다고. 그리고 결국에는 명진이 자식을 네가 상대해야 할 건데, 이왕 할 거면 똑바로 해야 할 거 아냐?"

"안 그래도 그것 때문에……."

잠시 말끝을 흐린 철무한이 이내 회의적인 얼굴로 말을 이었다.

"거 꼭 정사 나눠서 싸워야 하나? 이미 나눠진 건 어쩔 수 없다 해도, 굳이 계속 싸울 이유까지는 없을 것 같은데……."

"뭐, 뭐……?"

모용기가 황당하다는 얼굴을 했다. 그러나 철무한은 한껏 자애로운 얼굴을 하며 말을 이었다.

"그래서 생각해 본 건데, 내가 명진이 자식이랑 싸우기 싫어서 그런 게 아니고 이게 다 인도적인 차원에서 평화 협정을……."

퍽!

"윽! 무일이 너 이 자식! 이게 무슨 짓이야?"

"시끄러, 이 미친놈아! 평화 협정은 개뿔! 이거 맨날 금와 독단을 처먹더니 머리가 잘못된 거 아냐?"

"할매! 나 왔어!"

헤실거리며 들러붙는 모용기를 보며 팽연옥이 눈을 흘겼다.

"이눔 시키. 밥때만 눈웃음 살살 치지."

그러나 하는 행동이나 말과는 달리 그리 밉지 않다는 눈길이었다. 봉마곡에 들어올 때 잔뜩 싸들고 왔던 매화주가 제대로 먹힌 덕분이었다.

"에이, 그러지 말고. 나 바쁜 건 할매도 잘 알잖아."

"바쁘긴 무슨. 손바닥만 한 봉마곡에서 네가 바쁠 일이 뭐가 있다고. 쓸데없는 소리 말고 가서 밥상 차리는 거나 도와."

"그럴게."

모용기가 냉큼 뛰어가더니 백운설이 들고 오던 밥상을 넘겨받았다.

"어? 이러지 않아도……."

"됐어. 내가 할게."

그리고는 뭐가 그리 급한지 쌩하니 지나쳐 버렸다. 백운설이 조금은 섭섭하다는 눈길을 보냈지만 모용기의 관심은 오로지 미리 와 있던 단정순에게로만 향했다.

탁 하고 밥상을 내려놓는 모용기의 모습에 단정순은 어딘가 불편하다는 기색이 역력했다.

"커험…… 험……."

그러나 모용기는 이미 얼굴에 철판을 깔았다.

모른 체 단정순과 마주앉으며 똘망똘망한 눈으로 그를 쳐다봤다.

두 사람의 어색한 모습을 본 팽연옥이 혀를 차며 다가왔다.

"뭐야? 오늘도 시작이야?"

"오늘도 시작인 게 아니라 시작은 예전에 했다고. 단 씨 할배가 답이 없어서 그렇지."

모용기의 말에 단정순이 얼굴을 찌푸렸다.

"이놈아, 내가 왜 답이 없어? 답은 이미 예전에……."

"아니, 아니. 할배가 원하는 답 말고 내가 원하는 답. 그걸 줘야 진짜 답을 해 주는 거라고."

"이, 이놈아. 세상에 그런 억지가 어디 있단 말이냐? 내가 왜 네놈이 원하는 답을 줘야 해?"

"그래야 이 상황이 끝날 테니까."

"허……."

뻔뻔한 얼굴로 대꾸하는 모용기를 보며 단정순이 기가 찬다는 얼굴로 헛웃음을 흘렸다.

두 사람의 대화를 듣고 있던 팽연옥이 단정순을 쳐다봤다.

"영감, 그러지 말고 이 녀석 말대로……."

"어림도 없는 소리. 할멈도 한번 생각해 봐. 우리 단 씨 가문의 무공을 왜 저 녀석에게 줘야 한단 말인가?"

"어차피 영감은 후계도 없잖수? 무덤에 짊어지고 들어갈 것도 아닌데……."

"무슨 말을!"

발끈하는 단정순을 보며 팽연옥이 고개를 갸웃거렸다.

"뭐야? 후계가 있었어? 그런 말은 없었잖수?"

"아니, 그게 아니고……."

"그럼 뭐요?"

"무덤에 짊어지고 들어갈 것도 아니란 말. 그거 틀렸네. 무덤에 짊어지고 들어갈 걸세."

단정순의 단호한 얼굴에 팽연옥이 한숨을 푹 내쉬었다.

"그놈의 집착. 이제 다 내려놓은 줄 알았더니……."

단정순이 고개를 저었다.

"집착이 아니고……."

"그럼 그게 집착이 아니면 뭐요?"

단정순이 뭔가 말을 하려 입술을 오물거리다가 이내 힘 없이 고개를 젓고 말았다.

"자네 말이 맞네. 집착이라고 해 두세. 뭐가 됐든 확실한 건 어쨌든 안 된다는 것이네."

단정순이 단호하게 못을 박아 버리자, 팽연옥이 난감한 얼굴로 모용기를 쳐다봤다.

그러나 모용기는 여전히 헤실헤실 웃고 있었다. 포기한 얼굴이 아니었다.

팽연옥이 끙 하고 앓는 소리를 냈다.

'그냥 나도 눈 감아 버릴까?'

그런 마음이 불쑥불쑥 치솟고는 했지만 이내 고개를 저을 수밖에 없었다.

모용기가 잔뜩 싸들고 들어온 매화주.

별것이 아닌 것 같아도 팽연옥에게는 꽤나 큰 의미였기 때문이다.

팽연옥이 한숨을 푹 내쉬고는 다시 한 번 말이라도 걸어 보려는 찰나.

시끌벅적한 소리와 함께 주원종이 아이들을 데리고 들어섰다.

"여기, 여기! 내 말 좀 들어봐 봐. 글쎄 이 녀석들이 아직 검기도 못 쓴다고 하지 않는가."

"엥? 그게 무슨 말이야?"

단정순이 이해가 가지 않는다는 얼굴을 했다. 그리고는 여전히 똘망똘망한 눈으로 자신을 쳐다보는 모용기를 힐끔거리며 말했다.

"아닌데? 이 녀석이 자네와 투닥거릴 때 봤을 때는 분명 검기 쓰던데……."

"아, 그거? 저 녀석만 검기 쓴다고 하네. 무당의 이 녀석은 흉내만 내는 수준이고."

"그래? 생각보다 나이가 어린가 보구만. 아직 검기도 못 쓰는 걸 보면."

"아니, 그게 아니야. 얘네 벌써 열아홉이네."

단정순이 눈을 동그랗게 떴다.

"며, 몇 살?"

"열아홉. 약관이 되기 바로 전인 열아홉. 그런데도 아직 검기조차 뽑지 못하고 있으니…… 쯧, 애들의 사문은 대체 무슨 생각인 거야? 이런 덜떨어진 것들을 밖으로 내돌릴 생각이나 하고 말이야."

얼굴을 찌푸리고 있던 운현이 발끈하며 소리쳤다.

"누가 덜떨어졌어요! 이래 봬도 기재 소리 듣고 다니거든요!"

"이게 어따 대고 소리를 질러! 기재는 개뿔! 네가 진짜 기재를 못 봤나 본데, 검기 정도는 유 형님처럼 열다섯에 척척 뽑아야 기재 소리를 듣는 거지, 약관도 다 됐으면서 검기도 못 뽑는 덜떨어진 것이 기재는 무슨!"

주원종의 말에 운현이 헐 하고 헛웃음을 흘리더니 이내 어처구니가 없다는 얼굴을 했다.

"이 할배가 허풍은…… 아니 누가 열다섯에 검기를 뽑아요? 그게 말이나 돼요? 열다섯이 아니라 약관 바로 전에만 뽑아도 사람 취급 못 받는데."

"뭔 소리야? 약관 전에 검기를 못 뽑는 것도 아니고 뽑는데 왜 사람 취급을 못 받아?"

"할배가 생각해 봐요. 약관 전에 검기 뽑는 그게 사람이에요? 짐승이지."

멀뚱멀뚱 지켜보고만 있던 모용기가 얼굴을 찡그렸다.

"저 자식이 지금 뭐래니?"

주위가 소란스러워지자 어느새 모용기의 옆으로 쪼르르 달려 나온 철소화가 헤실거리며 대꾸했다.

"짐~ 승!"

"요걸 콱 그냥!"

"헛!"

철소화가 냉큼 팔을 들어 방어 자세를 취했다.

그 모습이 꽤나 귀여워 보였던지 화를 내던 것도 잊고 픽 웃음을 흘린 모용기는 이내 고개를 절레절레 젓더니 다시 금 운현을 쳐다보며 미간을 좁혔다.

그리고는 한 걸음 움직이려는데 팽연옥이 한발 빨랐다.

"이 영감들이. 내가 그렇게 얘기했는데 내 얘기는 콧구멍으로도 안 들어 처먹은 게야?"

주원종이 얼굴을 찌푸리며 팽연옥을 쳐다봤다.

"할멈이 무슨 얘기를 했는데?"

"이 영감이 진짜! 세월이 흘렀다고! 세상이 변했다고! 이제는 이립은 돼야 검기를 뽑는다고! 내가 그렇게 누차 얘기했거늘!"

주원종이 눈을 동그랗게 떴다.

"그거 진짜였어? 그냥 하는 말 아니었어? 이립에나 검기를 뽑는 건 저기 저 안가 놈처럼 덜떨어진 놈들이나 그러는 건 줄 알았는데."

"켁!"

물을 마시던 안희명이 사레라도 들렸는지 켁켁거리며 숨통을 틔우려 했다. 그리고 조금 시간이 지난 후에 간신히 숨통을 틔운 안희명이 억울하다는 눈으로 주원종을 쳐다봤다.

"왜, 왜 날……"

"시끄럽고. 최근까지 강호에 있었으니 네놈이 한번 얘기해 보거라. 팽 할멈 말이 진짜야? 요즘에는 이립이나 되어서야 검기를 뽑는다는 게?"

안희명이 얼굴을 찡그렸다.

그러나 이내 순순히 고개를 끄덕이며 주원종의 말에 대꾸했다.

"팽 할멈 말이 맞아. 요즘에는 이립이 되어서야…… 아니지, 그것도 빠른 편이지. 이립에 검기를 뽑으면 고수 소리를 들으니까."

"뭐, 뭐? 고, 고수?"

주원종이 기가 차다는 얼굴을 했다.

단정순이 주원종과 비슷한 얼굴을 하며 고개를 저었다.

"아주 개판이구나."

"내 말이! 아무리 세월이 지났어도 어떻게 이럴 수가 있지? 그것도 수백 년도 아니고 고작 수십 년인데?"

그 의문에 답을 한 것은 어느새 모습을 드러낸 당명이었다.

"다 자네들 탓이지."

주원종이 황당하다는 얼굴로 당명을 쳐다봤다.

"그게 왜 우리 탓이야? 우리가 뭘 했다고?"

"정사대전이 끝나고 자네들 같은 이들이 자취를 감춰 버리지 않았나? 그 탓에 후대로 경험을 전해 줄 수가 없었던 게지. 무공이란 게 비급만 있다고 해서 온전히 익힐 수 있는 게 아니니까."

"그럼 자네들은 뭐 하고? 팽가 할멈이나 저기 저 안가 놈이나, 자네 같은 이들이 제법 남아 있었는데……."

주원종의 질문에 당명이 쓰게 웃었다.

"자네 말대로 남은 이들은 덜떨어진 것들이었으니까. 후대에 전해 줄 수 있는 것이 많지 않았지. 나만 봐도 알지 않겠나? 이 실력으로 독왕 소리를 듣고 있으니……."

당명의 말을 끝으로 깊은 침묵이 내려앉았다.

밤이 깊었다.

그러나 단정순은 아직도 잠이 오지 않는지 또렷한 눈으로 반짝이는 별들을 쳐다봤다.

"일양공…… 일양공……."

무덤까지 짊어지고 가야 할 무거운 짐이었다.

꼭 그러리라 마음먹었었다.

그러나 막연하게 생각했던 것들을 두 눈으로 접하고, 그 마음이 크게 흔들리기 시작했다.

"어렵구나……."

"무슨 생각을 그리 하나?"

불쑥 들려온 유진산의 목소리에도 단정순은 담담한 얼굴로 대꾸했다.

"오셨습니까? 오셨으면 앉으시지요."

돌아보지도 않은 채 자리를 권하는 단정순을 보며 유진산이 고개를 절레절레 저었다.

그러나 별다른 타박을 하지 않은 채 그의 옆에 엉덩이를 붙였다.

그리고는 한동안 단정순과 같은 곳으로 시선을 뒀다.

먼저 말을 꺼낸 것은 단정순이었다.

"형님께서 내주신 문제는 정말 어렵습니다."

"어려울 것 없다. 굳이 고민할 것 없이 네 마음이 내키는 대로 하면 될 일이다."

"하지만 일양공은……."

"왜? 네 혈육들이 또 너와 같은 헛된 꿈에 휩싸일까 봐?"

"그렇습니다."

유진산이 고개를 저었다.

"그것을 왜 네가 걱정하느냐? 그것은 그들이 알아서 할 일이다."

단정순이 얼굴을 찌푸렸다.

"어찌 그런 말씀을 하십니까? 제가 어떻게 살아왔는지는 형님도 잘 알고 계시지 않습니까? 그것을 두고 보지 못하겠다 해서 저를 봉마곡으로 이끈 것이 형님이십니다."

"그랬지."

"그런데 어떻게 그런……."

자신을 향하는 유진산의 눈길에 단정순이 입을 다물었다.

유진산이 단정순과 시선을 맞추며 입을 열었다.

"네 짐 하나를 덜어 줄 생각이었다."

"제 짐을요?"

"아직도 자책하며 살아가고 있지 않느냐? 내가 그것을 모를 줄 알았더냐?"

단정순이 다시 입을 다물었다.

그런 단정순의 마음을 헤아리기라도 한 듯 유진산이 대신 입을 열었다.

"일양공은 누군가의 지도 없이 익히기에는 어려운 무공이지. 배워도 일정 경지에 이르기까지는 배운 티가 나지 않으니 더 골치가 아프고. 다른 무공들도 그 맥을 이어 가는 것이 쉽지 않은데, 일양공은 더하면 더했지 덜할 일은 없을 테니까. 네 혈육들이 아직까지 강호에 남아 있을지 모르겠다만, 혹 남아 있다면 그 꼴이 그리 좋지는 않을 게다. 네가 걱정하는 것이 바로 그 점일 터. 이참에 그 짐이나 덜어 보거라."

"하지만 그 혈육들이 또다시 저와 같은 선택을 한다면……."

단정순의 말에 유진산이 어둠 속에서 한 곳을 힐끔 돌아봤다.

"저 아이에게 대가를 받거라. 일양공을 알려 주는 대신 네 혈육들이 헛짓거리 못 하도록 하게 하라고 단단히 일러두거라. 그게 아니면 당장의 곤궁함이라도 풀어 주라고 하든지."

유진산과 같은 곳을 물끄러미 쳐다보던 단정순이 픽 웃음을 흘렸다.

"그 혈육들이 곤궁하지 않다면요?"

"그렇다면 그것으로 또 좋은 것 아니겠느냐?"

틀린 말이 아니었다.

어느 쪽이든 자신이 짐 하나를 덜어 내는 것은 마찬가지일 터.

그러나 단정순은 쉽게 고개를 끄덕일 수가 없었다.

"문제가 있습니다."

"뭐가 말이냐?"

"형님 말대로 일양공은 골치가 아픈 무공입니다. 상당히 까다롭지요. 연아란 아이는 기아 저 녀석과 비슷한 나이일 텐데, 그렇다면 이제 와서 일양공에 입문하기에는 너무 늦 었습니다. 그릇을 만드는 데만 십 년은 걸리는데, 경지에 이르려면 반갑자는 족히 걸릴 것입니다. 경맥이 굳어졌다 면 더 걸릴 지도 모를 일이고요. 형님께서 치료를 하는 것 이나 제가 그 아이를 가르쳐서 일양공을 대성시켜 스스로 독을 제거할 수 있도록 만드는 것에 별다른 차이가 없다는 말입니다."

단정순이 장황하게 설명했지만 유진산의 대답은 짧았다.

"그렇지 않다."

"예?"

"네가 연아를 직접 만나서 살펴보거라. 그럼 내 말이 무 슨 말인지를 이해할 수 있을 것이다."

좁은 천장.

약간의 흙냄새.

이번에도 같은 광경이었다.

다만 지난번과 다른 점이 있다면 지난번에는 빛이라도 새어 들어오는 밝은 대낮이었다면, 이번에는 자그마한 호롱불에 의지하는 어두컴컴한 밤이었다.

호롱불에 비친 그림자를 따라 시선을 돌리는 남궁서천을 확인하고 당소문이 먼저 목소리를 냈다.

"일어났나?"

"네가 구했나?"

그러나 당소문은 원하는 답을 들려주지 않았다.

"모용기."

남궁서천이 짧게 한숨을 내쉬었다. 그리고는 몸을 일으키려는데 머리가 핑 돌며 몸에 힘이 들어가지 않았다.

"윽…… 이, 이게……."

당소문이 고개를 저었다.

"그냥 누워 있어라. 이번에는 제법 독한 녀석이라 한동안 거동하기도 힘들 테니까."

그러나 고집이라면 전 중원을 뒤져도 짝을 찾기가 힘든 것이 남궁이다.

그 피를 고스란히 이어받은 남궁서천은 당소문의 말에 순응하지 않고 억지로 몸을 일으켰다.

"그, 그럴 순 없지."

그리고는 기어이 바닥을 디디며 침상을 벗어나려 하는

움직임이었다.

당소문이 한숨을 내쉬며 남궁서천을 붙잡았다.

"억지로 힘을 쓰려다간 진짜 죽어. 그러니까 일단 좀 쉬고……."

그러나 남궁서천은 당소문의 팔을 기어이 뿌리쳤다.

"도와줄 게 아니면 이거 놔."

당소문이 이해가 가지 않는다는 얼굴로 남궁서천을 쳐다봤다.

"왜 그렇게 고집을 부리는 거지? 지금은 어쩔 수 없는 상황인데…… 네 집안 어르신들이 알더라도 뭐라 탓하지 않을 상황이라는 걸 몰라서 그러나?"

"그건 네 생각이고. 난 그렇게 배우지 않았다."

"그럼 어쩌자는 거지? 이대로 나가서 죽기라도 할 거야? 그렇다면 네 입장에서는 차라리 다행일지도 모르겠군. 어차피 나가 봐야 또 기아 녀석 등에 업혀서 되돌아올 테니까."

당소문이 현실을 지적하자 남궁서천이 얼굴을 찡그렸다.

그러나 이대로 당소문을 따를 수 없다는 것 역시 남궁서천의 생각이었다.

남궁서천이 고개를 저으며 당소문에게 말했다.

"네가 그 녀석에게 가서 전해. 더 이상 날 도와줄 필요가 없다고."

당소문이 얼굴을 찡그렸다.

그리고 뭐라 더 말을 하려 입을 열려는 순간.

곱게 늙은 얼굴의, 그리고 단아한 기품을 흘리는 노파, 황월영이 안으로 들어섰다.

"일어났니?"

당소문이 얼른 허리를 굽혔다.

"오셨습니까?"

황월영은 당소문의 인사에 대꾸하기에 앞서 힘겹게 두 다리로 일어서 있는 남궁서천을 보고는 얼굴을 찌푸렸다.

"아직 움직이면 안 되는데……."

남궁서천이 눈을 가늘게 뜨고 황월영을 쳐다봤다.

"누, 누구……."

"어? 그러니까 이분이 누구시냐면……."

한발 앞서 자신을 소개하려는 당소문에게 손을 저어 입을 막은 황월영은 여전히 경계심이 가득한 얼굴로 자신을 쳐다보고 있는 남궁서천을 향해 곱게 웃으며 말했다.

"네가 진운이의 둘째 아들이지? 그러니까 이름이…… 서천? 서천이 맞지?"

황월영의 말에 남궁서천이 눈을 동그랗게 떴다.

"누, 누구……!"

참룡
회귀록

斬龍
回歸
錄

47 章.

나지막한 동산이라도 황월영의 거처를 한눈에 담기에는
큰 무리가 없었다.

넋이 나간 눈으로 황월영의 거처를 하염없이 내려다보고
있는 안희명.

그 뒤로 불쑥 모습을 드러낸 주원종이 목소리를 냈다.

"아직도 이 짓이냐?"

그러나 안희명은 대꾸가 없었다.

쯧 하고 혀를 찬 주원종이 주섬주섬 안희명의 옆자리를
차지했다.

"다 늙어서 매일 밤잠 설치고 이게 뭐 하는 짓이냐? 그렇
게 걱정되면, 이러지 말고 옆을 지켜 주지 그라냐?"

사실 안희명도 그러고 싶은 마음은 굴뚝같았다.

그러나 하고 싶어도 하지 못한 것이다.

황월영이 옆자리를 내주지 않은 탓이었다.

"하긴, 네가 그러고 싶어도 그렇게 못했겠지. 황 누님도 참…… 시간이 그렇게나 흘렀는데 아직도 옆자리를 내주지 않으니……."

사정을 모르는 바는 아니지만 그래도 입맛이 썼다.

주원종이 못마땅하다는 얼굴로 고개를 절레절레 젓는데, 여태껏 입을 다물고 있던 안희명이 그제야 입을 열어 목소리를 냈다.

"누님 탓이 아니다."

"그걸 누가 몰라서 그래? 그래도 세월이 이렇게나 흘렀는데 이제 내려놓을 때도 됐다 싶어서 한 말이지."

그때 시커먼 인영이 황월영의 거처를 벗어나고 있었다. 그것이 남궁서천임을 알아본 주원종이 또다시 못마땅하다는 얼굴을 했다.

"저, 저…… 빌어먹을 놈. 고집은 그 영감을 쏙 빼다 박았네."

주원종이 끌끌 혀를 차는데, 그 순간 기파가 훅하고 몰아치며 그를 밀어내려 했다.

잠잠하던 공간에 안희명을 중심으로 작은 소용돌이가 만들어진 것 같았다.

주원종이 한숨을 푹 내쉬더니 안희명의 어깨를 짚었다.

"그렇게 흥분하지 마라. 저 아이 탓이 아니지 않냐?"

안희명의 기파가 움찔하는 모양새였다. 그러나 한번 치솟은 기파는 쉽게 가라앉지 않았다.

"나도 알아. 나도 아는데……."

살심이 가라앉지가 않는다.

오래 전에 명을 다한 남궁호의 늙수그레한 얼굴이 남궁서천의 신형 위로 겹쳐 보인 탓이다.

안희명이 저도 모르게 이를 갈았다.

"그 영감은 알까? 자신 때문에 누님이 어떤 꼴을 하고 있는지?"

"거 쓸데없이…… 황 누님도 그렇지만 자네도 이제 그만 내려놔. 다 지나간 일을 더 기억해서 뭐해? 괜히 속만 쓰리지. 살날도 얼마 안 남았는데 좀 쉽게 쉽게 가자고."

"그게 안 되니까 그러는 것 아닌가? 가끔 정신을 놓을 때면 사내놈들한테 마구 달려드는데…… 피가 거꾸로 치솟는다는 게 딱 그럴 때 쓰는 말이더군."

"그거야 최근에 아이들이 들어오고 나서부터 나타난 증상이고. 그 전엔 우리만 보면 잡아 죽이려고 해서 아주 난리도 아니었다고."

몰랐던 사실에 안희명이 눈을 동그랗게 떴다.

"응? 그건 또 무슨 말인가?"

"무슨 말이긴. 자네도 한번 생각해 봐라. 남궁호 그 늙다리 때문에 좋았던 시절 다 보냈는데 우리처럼 늙은 놈들이 눈에 들어오기나 하겠어? 오히려 바득바득 이를 갈기만 하더군. 만약 유 형님이 나서지 않았다면, 나나 정순이는 몰라도 당명 그놈은 진즉에 맞아 죽었을 거야."

"그, 그래? 그럼 아이들은 왜……."

"젊었을 적 못 해 본 것들이 생각났나 보지 뭐. 황 누님이 조신하게만 보여서 그런 생각은 안 할 줄 알았더니 의외로 그런 게 한이 맺혔었나 보더라고."

주원종의 말에 또다시 안희명을 중심으로 기파가 치솟았다.

이번에는 살기까지 실었는지 얼굴이 따끔따끔했다.

주원종이 얼른 말을 덧붙였다.

"아니, 자네 흥분하라고 한 말이 아니고 외로운 사람이니까 좀 더 다가가 보라는 말이야. 그렇게 멀리서만 쳐다보고 있지 말고. 그럴 일은 없겠지만, 그렇게 쳐다보고만 있다가 황 누님이 제정신이 아닐 때 아이들 중 하나랑 일이라도 치루면 어쩌려고 그래? 그건 진짜 답도 없다고."

말만으로도 끔찍했다.

안희명이 오한이 드는지 몸을 부르르 떨다가 이내 한숨을 내쉬었다.

"황 누님이 감춰 놓은 욕구가 젊은 놈이라면서? 나도 다

늙었는데 무슨 수로 그 옆을 지키겠나? 이럴 줄 알았으면 좀 더 젊었을 때 누님을 찾았어야 했는데……."

주원종 역시 그 문제에는 답이 없었다. 그래서 난감한 얼굴을 하다가 한순간 무슨 생각이 들었는지 눈알을 데굴데굴 굴렸다.

"요거 잘하면 방법이 있을 것 같기도 하고……."

안희명이 번쩍 고개를 치켜들었다.

"방법이 있어? 뭔가 그게?"

"자네 반로환동이라고 들어 봤겠지? 자네가 반로환동을 해서 황 누님이 정신없을 때 확! 만리장성이라도 쌓아 버리면…… 으헉!"

쉭 하고 뻗어 나오는 푸른 섬광에 주원종이 기겁을 하며 고개를 틀었다.

그리고는 오른손에 시퍼런 기를 두르고 있는 안희명을 향해 버럭 소리를 질렀다.

"이, 이놈이 미쳤나? 어따 대고 주먹질이야!"

"미친 건 네놈이고! 유 형님이나 네놈도 못 하는 걸 나보고 무슨 수로 하라고! 내가 미쳤지. 이럴 줄 알았으면 기아 놈 말을 들었어야 했는데……."

주원종이 의아하다는 얼굴을 했다.

"기아? 모용기? 그 녀석이 무슨 말을 했는데?"

"무슨 말이긴. 여자 문제는 네놈과 상의하지 말라고.

평생 여자 손 한 번 못 잡아 본 놈이랑 말해서 뭣하겠느냐고."

"으, 응?"

주원종이 뜨끔한 얼굴을 하더니 움찔하는 게 한눈에 보였다. 그리고는 이내 축 처진 얼굴을 하고는 고개를 푹 숙였다.

"씨, 씨발……."

모처럼 보는 반가운 얼굴에 소무결이 눈을 동그랗게 떴다.

"어? 어? 너!"

"어라? 여, 연아야!"

운현 역시 소무결과 비슷한 반응을 보였다. 그러나 그들보다 한발 앞서 행동한 것은 천영영이었다.

"연아야!"

천영영이 반가운 얼굴로 땅을 박찼다. 그러나 제갈연에게 다가서지도 못하고 걸음을 멈춰야만 했다.

모용기가 어느새 제갈연의 앞을 막아서며 손을 뻗었던 탓이다.

"딱 서. 거기 서. 접근 금지!"

"넌 또 왜?"

불만스런 얼굴을 하는 천영영의 뒤로 소무결이 다가서며 말했다.

"딱 보면 몰라? 저 자식 저거 아직도 그러네. 야, 그만 좀 해. 애도 아니고 뭘 그렇게 끼고 돌아?"

"아니. 끼고 도는 게 아니고."

모용기가 고개를 저었지만 소무결은 아랑곳 않는 얼굴로 모용기를 밀쳐냈다.

"어? 어쭈?"

"어쭈는 무슨. 비켜, 인마. 연아 얼굴 모처럼 보는데 인사 라도 해야 할 거 아냐?"

그러나 당황한 얼굴을 하는 것은 제갈연도 마찬가지였 다.

"어? 그, 그러면 안 되는데……."

주춤주춤 물러서는 제갈연을 보며 소무결이 미간을 좁혔 다.

"너 왜 그래? 새삼스럽게. 너 혹시 이 녀석하고……?"

제갈연이 급하게 고개를 저었다.

"아니, 그게 아니고……."

"근데 왜 그래? 우리가 하루 이틀 본 사이도 아니고."

반가운 얼굴을 하며 다가서는 아이들을 보며 제갈연이 더는 물러서지도 못하고 울상을 했다.

백운설은 어딘가 어색해 보이는 얼굴로 그 모습을 멀찌 감치 떨어져서 쳐다보고 있었다.

팽연옥이 백운설의 팔을 툭 쳤다.

"뭐 해? 어서 가 보지 않고?"

"어? 어?"

팽연옥에게 밀쳐진 백운설이 당황한 얼굴을 했다.

아이들의 시선이 백운설에게 몰려든 것은 순식간이었다.

난감한 얼굴을 하던 백운설은 이내 억지로 표정을 고치며 제갈연에게로 다가갔다.

그 모습을 물끄러미 쳐다보고 있던 철소화가 팽연옥에게 말했다.

"할매, 백 언니 되게 챙기네? 할매 남편이 화산이랬지? 그래서 그런 거야?"

"요년이 쓸데없는 소리를…… 그런 말은 또 어디서 들은 게야?"

"주 씨 할배가 지난번에 술 먹고 그러던데? 죽은 할매 남편이 화산이라고. 할매가 정신만 놓으면 가루 뿌리고 다니는 것도 할매 남편이 할매한테 처음 고백할 때 꽃가루 흩날린 거 못 잊어서 그러는 거라면서. 왜 아냐?"

팽연옥이 얼굴을 와락 구겼다.

"이, 이놈의 영감탱이가 쓸데없는 말을! 하여간 술만 처먹으면 할 말, 못 할 말 다 떠벌리고 다니지!"

"에이, 왜 그래? 별일도 아닌 것 가지고. 그보다 할매, 진짜 매화꽃가루 날리는 게 그렇게 예뻤어? 수십 년이 지난 지금까지도 잊지 못할 만큼?"

"시끄럽다, 이년아. 쓸데없는 소리 말고 얼른 가서 밥 하는 거나 신경 써. 지난번처럼 다 태워 먹지 말고."

팽연옥이 눈을 흘기자 철소화가 입술을 삐죽거렸다.

"할매는…… 맨날 나한테만 뭐라 그러지!"

그리고는 불만이 가득한 얼굴로 돌아서려는데 당황한 기색이 가득한 천영영의 목소리가 철소화의 발목을 잡아끌었다.

"어? 운설이 너 얼굴이……!"

"응? 내 얼굴?"

어느새 불편했던 기색을 지워 내고 헤실거리던 백운설이 제 얼굴을 더듬더듬 손으로 짚었다. 그러다가 무심코 천영영의 얼굴을 확인하고는 천영영과 비슷한 감정을 담아 목소리를 높였다.

"어? 영영이 너 얼굴이……!"

처음 봉마곡에 들어왔을 때와 같은 상황이다. 깨끗한 얼굴에 울긋불긋한 반점이 돋아나기 시작했다.

운현이 당황한 얼굴로 소무결을 쳐다봤다.

"어? 이, 이거……."

소무결이 급하게 팽연옥을 찾았다.

소무결의 시선에 팽연옥이 미간을 좁혔다.

"이눔 시키가! 왜 날 쳐다봐?"

"어? 할매는 멀쩡한데? 그럼 어떤 놈이……."

그때 제갈연이 울상을 하며 말했다.

"그, 그래서 내가 안 된댔는데……."

진기를 불어넣어 제갈연의 기혈을 살피던 단정순이 미간을 좁혔다.

"그러니까…… 이게 독이란 말이지?"

무언가 심각해 보이는 단정순의 얼굴에 모용기가 불안한 얼굴을 했다.

"왜, 왜? 무슨 문제라도……."

"아니 그게 아니고……."

고개를 저은 단정순이 모용기와 비슷하게 불안한 얼굴을 하고 있는 제갈연을 내려다보며 말했다.

"신기해서 그러지. 독은 원래 흩어져야 정상인데 이렇게 단단히 뭉쳐져 있으니, 독이 아니라 내력이라고 해도 믿을 수 있겠다 싶구나."

그리고는 다시 한 번 진기를 흘려보내 제갈연의 기혈을 살피는 모양새였다.

모용기는 여전히 불안한 얼굴이었지만 신중한 얼굴을 한 단정순이 일을 끝마칠 때까지 조용히 입을 다물었다.

그리고는 한참이 지난 후에 단정순이 제갈연의 몸에서 손을 떼자 참아 왔던 말을 쏟아 내기 시작했다.

"어, 어떨 것 같아? 유 씨 할배 말대로 할배 일양공으로 해결이 가능할까? 해결이 돼야 하는데…… 안 그러면 삼십 년……."

"시끄럽다, 이놈아. 내가 지금 생각하고 있는 것 안 보이느냐? 네놈 때문에 될 것도 안 되겠다, 이 녀석아."

단정순의 타박에 모용기가 헙 하고 입을 다물었다.

그러나 여전히 불안해 보이는 기색을 감추지는 못했다.

단정순이 픽 웃으며 입을 열었다.

"그렇게 걱정할 건 없고."

"그, 그럼?"

"될 것 같다. 아니, 될 것 같다가 아니고 꼭 된다. 유 형님이 독기를 아주 잘 묶어 뒀구나. 내가 내력으로 툭툭 건드려 봤는데 별다른 저항이 없어. 오히려 내 내력과 섞이려 들려고 하더구나. 이 상태라면 그리 오래 걸리지는 않을 것 같구나."

"정말?"

"정말이지, 그럼. 내가 이 나이에 네 녀석에게 거짓말을 해서 무엇하겠느냐?"

단정순의 확답에 모용기의 얼굴이 환하게 밝아졌다. 그리고는 제갈연의 손을 덥석 낚아챘다.

"되, 된대! 단 씨 할배가 된대!"

"어? 그, 그게……"

따뜻하지만 낯선 촉감에 제갈연이 당황한 얼굴을 했다.

그러나 환희로 가득한 모용기의 얼굴을 보고는 차마 모용기의 손을 떨쳐 내지는 못했다.

조금씩 붉어지는 제갈연의 얼굴에 단정순이 픽 웃으며 자리에서 일어섰다.

여인을 접하지 못한 것은 주원종과 마찬가지인 단정순이었지만, 주원종과 달리 눈치는 있었다.

그래서 슬며시 자리를 비켜 주려는데, 무슨 일인지 주원종이 화가 난 기색으로 방문을 벌컥 열고 들어서더니 그의 앞을 막아섰다.

단정순이 미간을 좁혔다.

"뭔가? 무슨 일로 갑자기……"

그러나 주원종은 좀체 화를 가라앉히지 못하는 기색이었다.

"무슨 일? 무슨 일?"

단정순이 조금은 당황한 얼굴로 이유를 물었다.

"아니 이 사람아, 무턱대고 이러면 어쩌나? 무슨 일인지는 밝혀야……"

"이 자식이! 지금 그걸 몰라서 내게 묻는 거야? 나랑 한 약조는 홀라당 잊어먹고?"

단정순이 고개를 갸웃거렸다.

"자네랑 한 약조?"

"그래, 이 자식아! 우리 둘 다 제자 안 받기로 했던 거! 지닌 바 무공은 무덤까지 싸들고 가기로 한 거!"

단정순이 황당하다는 얼굴을 했다.

"아니, 그건 자네가 일방적으로……."

"일방적이긴 무슨! 네놈이 제자 안 받으면 나도 안 받겠다 했더니 강호의 도의가 어쩌고 하면서 좋아했던 것 기억 안 나? 이래도 일방적이야?"

"아니, 그건 술 먹고……."

"시끄럽다, 이놈아! 네놈이 이렇게 약조를 깬다면 나도 다 생각이 있다."

여전히 황당하다는 얼굴을 하는 단정순을 뒤로하고, 주원종은 정주형과 소무결 등이 일을 하고 있는 곳으로 한 걸음에 달려갔다.

정주형이 여전히 씨근덕거리는 주원종을 확인하고는 옆에서 밭을 매고 있던 소무결을 향해 질문했다.

"저 할배가 갑자기 왜 그래?"

그러나 답을 모르는 것은 소무결도 마찬가지다.

소무결이 자신도 모른다는 얼굴로 어깨를 들썩이는데, 그때 주원종이 내력이라도 실었는지 쩌렁쩌렁하게 소리를 높였다.

"다들 집합!"

❖ ❖ ❖

"진아가 또다시 조고를 불러들였다고?"

보고를 들은 왕식이 불편한 얼굴을 했다.

왕진의 앞에 나타났던 흑의인영과 비슷한 차림을 한 이가 고개를 끄덕였다.

"그렇습니다."

"흐음……."

왕식이 미간을 좁혔다.

검지가 버릇처럼 제멋대로 움직이며 탁자를 톡톡 두드렸다.

왕식의 고민이 길어지자 공손하게 시립을 하고 있던 흑의인영이 먼저 입을 열었다.

"치울까요?"

가장 간단한 방법이자, 가장 깔끔한 방법이기도 했다.

그러나 왕식은 무슨 생각이 들었던지 고개를 내저었다.

"아니. 일단은 그냥 두고 보도록 하지."

얼굴까지 모두 복면으로 가린 터라 표정은 드러나지 않았지만, 그가 품은 의문은 고스란히 느낄 수가 있었다.

왕식이 픽 웃으며 말했다.

"이해가 안 되나?"

"그렇습니다."

"교육상의 목적이라고 해 두지."

그렇다면 어느 정도는 이해가 갔다.

그러나 자신의 일은 더 늘어날 터.

그 생각을 하기가 무섭게 왕식이 다시 입을 열었다.

"조고를 잘 지켜보게. 그뿐만 아니라 그놈과 연관된 이들
도 빠짐없이 지켜봐. 이상한 점이 있으면 그때그때 보고하
도록 하고."

역시나 예상대로였다.

그러나 그와는 별개로 여전히 의문은 남아 있었다.

흑의인영이 더는 참지 못하고 입을 열었다.

"이유를 여쭈어도 되겠습니까?"

동창 제독의 관점에서 보면 조고는 밟으면 밟는 대로 밟
히는 개미나 다름없었다.

왕식이 그에게 필요 이상의 관심을 기울이는 것이 이해
가 가지 않았다.

왕식은 흑의인영의 물음에 곧바로 대답을 하기보다는 일
단 목을 축이는 것이 먼저였다.

느릿한 손길로 찻잔을 들어 입술을 적신 왕식이 다시금
흑의인영에게 시선을 돌렸다.

"예전에……."

왕식이 과거를 회상하기라도 하듯 아련한 눈을 했다.

이미 오랜 시간이 지났지만 여전히 좋았던 기억은 아니
었다.

왕식이 조금은 미간을 찌푸리며 다시 말했다.

"이전 제독이 기억나나?"

왕식이 부상하기 전에 동창의 최고 권력자였다.

제 손으로 묻어 버리기도 했었다.

기억하지 못할 리가 없었다.

"그렇습니다."

"그가 날 유독 싫어했었지. 그래서 무던히도 괴롭혔던 거고. 그가 날 왜 그렇게 경계했었는지 아나? 나 역시 지금의 조고와 다를 바 없는 위치였는데."

생각해 보니 그렇다.

동창의 전 제독은 지독하게도 왕식을 괴롭혔었다. 그때는 그의 칼날을 막기에 급급해 다른 생각을 할 수가 없었던 것인데 이제 와 생각해 보니 의문점은 한두 가지가 아니었다.

그때의 왕식은 본인의 말대로 지금의 조고와 비슷한 위치.

경계할 이유가 없었기 때문이다.

그때도 지금처럼 감시가 붙었나? 혹시 꼬리라도 잡힌 건가?

의문이 들었다.

그 의문을 눈치 챈 왕식은 더 뜸을 들이지 않고 의문을 풀어줬다.

"근데 그 이유란 게 별것 아니더군. 그냥 내가 기분이 나빴다고 했네. 감이 좋지 않았다고 하더군."

두 눈동자에 의문 대신 황당하다는 기색이 어렸다.

"예? 고작 그런 이유로……."

"그런데 난 기어코 이 자리를 차지했지."

그가 툭 던진 말에 흑의인영이 입을 다물었고, 왕식이 픽 웃더니 고개를 절레절레 저었다.

"그러니 잘 지켜보게. 기분이 나빠."

"알겠습니다."

"그리고…… 녹류산은 어떻게 됐나?"

"안 그래도 그 말씀을 드리려 했습니다."

흑의인영이 품에서 주섬주섬 서신을 꺼내 들더니 공손한 몸짓으로 왕식에게 건네줬다.

서신을 펼쳐 든 왕식의 눈이 빠르게 움직이는 듯하더니 마지막에 이르렀을 때는 의외라는 얼굴을 했다.

"천호?"

녹류산에 흩어 놓은 이들 중에 딱 열을 추려내라 했었다. 한데 가장 재능이 없다 여겨 천호를 달아 준 이가 한 자리를 차지하고 있었던 것이다.

왕식의 시선이 흑의인영에게로 향했다.

"생각보다 재능이 대단했던가? 그를 잘못 봤던 겐가?"

그러나 흑의인영은 고개를 저었다.

"근골이나 자질은 그렇게 뛰어나지 않다고 합니다. 그런데 그 녀석이 워낙 독해서……."

"호오……."

왕식이 재미있다는 얼굴을 했다.

"그래서 지금 어디까지 왔나?"

"지난번에 사백오십호를 꺾었다고 했습니다."

"뭐, 뭐?"

왕식이 눈을 동그랗게 떴다.

"그게 가능한가?"

"그래서 녹류산에서도 난리라고 합니다. 그런 놈은 본 적이 없다고……."

"흐음……."

왕식이 수염도 나지 않은 턱을 쓰다듬었다. 그리고는 곧 입을 열어 명을 내렸다.

"유심히 지켜보라고 하게."

"알겠습니다. 그리고……."

"또 남았나?"

"정무맹과 패천성의 일 말입니다. 어떻게 할까요?"

"그 일은 진아에게 맡기지 않았나? 그냥 내버려 두게."

"하지만……."

오랫동안 공을 들였던 일이다. 그런데 조금씩 어긋남이 보이기 시작했다.

들였던 정성을 생각하면 꽤나 심각한 문제라 여겼다.

그러나 왕식은 대수롭지 않다는 얼굴로 고개를 저었다.

"어차피 내 대에는 끝을 보기 힘들 걸세. 결국은 그 아이가 해야 할 일이지."

무슨 말인지 알아들었다.

흑의인영이 깊숙이 고개를 숙였다.

왕진이 호기심이 가득한 눈으로 눈앞의 사내를 쳐다봤다.

"손환이라고요?"

"그렇습니다."

깔끔하게 생겼다. 거기에 목소리도 듣기가 좋았다.

입술이 가늘어서 조금은 야비해 보이기도 했지만, 전체적으로 선이 가는 턱 선에 조금은 차가워 보이는 눈매가 여인들의 관심을 독차지할 인상이었다.

여인만이 아니다. 신체적으로 결함이 있었지만 여전히 사내라 자각하고 있던 자신이 보기에도 호감이 가는 얼굴이었다.

그래서 왕진은 이내 경계심을 품은 얼굴을 했다.

"흐음…… 그런데 이 친구는 왜……?"

왕진의 불편한 기색을 눈치 챈 조고가 얼른 말을 덧붙였다.

"이 친구가 생각보다 머리를 잘 씁니다."

"그거야 대과에 합격했으니 당연한 것이고."

"그리고 강호의 일에 꽤나 밝습니다."

"강호의 일에?"

"그렇습니다. 도련님의 일에 도움이 될 것입니다."

시들해져 가던 왕진의 눈초리에 다시금 호기심이 살아났다.

"그래요? 그럼 한번 말해 봐요. 지금 상황을 어떻게 풀어가야 하는지."

왕진의 물음에 손환이 조고를 쳐다봤다.

조고가 웃음을 머금은 얼굴로 고개를 끄덕였다.

"자네 생각을 말해 보게."

조고의 독려에 손환은 여전히 조금은 긴장을 한 얼굴이었지만, 이내 예의 그 듣기 좋은 목소리를 들려주기 시작했다.

"패천성에서 도모하던 일이 틀어졌다 들었습니다."

그러나 듣기 좋은 목소리와는 달리 내용은 거북했다.

왕진이 얼굴을 찌푸렸다.

"그래서요?"

말투가 조금은 뽀족했다.

왕진의 불편해하는 기색을 눈치 챈 손환이 얼른 말을 덧붙였다.

"일단 상황을 짚어야 하기 때문입니다. 상황을 짚어야 이어질 후속책을 공공께서 납득하실 것 같아서⋯⋯."

"그건 나도 아는 거고. 그래도 기분이 상하는 것까지는 나도 어떻게 못 하니까 그건 신경 쓰지 말고 그 후속책이라는 것이나 말해 봐요."

그러나 행하는 입장에서는 말처럼 쉬운 일이 아니다.

손환이 저도 모르게 망설이는 얼굴을 하다가 이내 크게 숨을 들이키며 다시 말을 이었다.

"그럼 말씀드리겠습니다. 패천성을 내부에서부터 무너트리겠다는 계획은 이제는 힘들 것입니다. 한번 호되게 당했기 때문에 경계심이 한층 강해질 것이기 때문입니다. 물론 시간을 들이면 언제고 다시 가능해질 수도 있으나 얼마나 시간을 들여야 할지가 미지수이기 때문에 공공께서 그것을 원하시지는 않으리라 생각합니다."

"그래서요?"

"제 생각으로는 이 계획은 폐기하고 새로운 계획을 짜는 것이 좋을 것 같습니다."

"새로운 계획?"

그러나 왕진이 미간을 좁혔다.

"들어간 돈이 만만치 않은데⋯⋯."

"제가 들은 바로는 그 계획의 핵심이 되던 철위강마저 죽은 것 같던데, 그것만 봐도 이미 틀어진 계획이라 생각

됩니다."

"그래도 그 아들놈이……."

"크게 쓸모가 없을 것입니다. 강호의 무뢰배들이 정통성 운운하고 구색을 맞추며 다툼을 하긴 하지만, 결국에는 강한 이가 다 차지하게 되더군요. 황실과는 꽤나 다른 곳입니다."

손환의 말에 왕진이 픽 웃음을 흘렸다. 황실도 별다를 바가 없었기 때문이다.

그러나 굳이 내색할 필요는 없었다.

왕진이 얼른 안색을 고치며 말했다.

"무슨 말인지는 알겠으니까, 그래서 어떻게 하자는 거죠? 당신이 말하는 투로 봐서는 시간을 앞당길 방도가 있는 것 같은데…… 내 말 맞죠?"

손환이 고개를 끄덕였다.

"그렇습니다."

"그 방안이 뭐죠?"

왕진의 물음에 손환이 눈을 반짝이며 입을 열었다.

"내부에서 망가트리는 게 안 되면 외부에서부터 망가트리면 됩니다."

"외부에서?"

의문을 표하던 왕진이 얼굴을 찌푸렸다.

"그러다간 민심이……."

그러나 손환이 고개를 저었다.

"동창에서 움직이란 말이 아닙니다."

"그럼?"

"저들끼리 싸우게 해야죠. 정무맹과 패천성. 원래부터 섞일 수 없는 곳이지 않습니까?"

왕진이 또다시 얼굴을 찌푸렸다. 자신도 생각을 안 해 본 것이 아니기 때문이다.

"내가 몰라서 그걸……."

"물론 쉽지는 않을 것입니다. 그러나 방안이 없는 것도 아니죠. 조금 시간이 걸리긴 하겠지만 패천성이나 정무맹을 안에서부터 무너트리는 것보다는 훨씬 빠를 것입니다."

"흐음……."

왕진이 눈알을 데굴데굴 굴렸다.

그리고는 오래지 않아 고개를 끄덕였다.

"일단 구체적인 방안을 설명해 봐요."

왕진의 눈길을 끄는 것에 성공했다. 한 고비 넘었다는 생각에 가만히 한숨을 내쉬는 손환을 보며 왕진이 다시 말했다.

"그렇다고 내 말은 끊지 말고요. 그거 기분 나쁘다고……."

여전히 헤실거리는 얼굴의 왕진이었지만 손환은 어딘가 모르게 오싹함을 느꼈다.

제갈연 하나에만 공을 들이는 단정순과는 달리 주원종은 누구 하나에게 집중을 하지 못했다.

그리고 처음부터 체계적으로 하나하나 가르치는 단정순과는 달리 무작정 패고 보는 주원종이었다.

멀지 않은 곳에서 주원종의 지도를 받는 아이들을 살펴보고 있던 모용기가 고개를 절레절레 저었다.

"저 할배 생긴 것과는 다르게 무지 독하다니까."

조금이라도 한눈을 팔면 일단 손부터 날아오는데, 그나마도 사정을 두지 않았다.

잘못 맞으면 예전 모용기가 그랬던 것처럼 살이 찢어지고 뼈가 부러졌다.

하루가 멀다 하고 곡성이 울려 퍼질 정도였다.

그러나 딱히 말려야 할 생각은 들지 않았다.

고작 석 달 정도 지났나?

아이들의 실력이 일취월장했기 때문이다.

성장세로만 보면 단정순에게 집중지도를 받는 제갈연보다도 훨씬 빨라 보였다.

"저렇게 쥐 터지는데 안 늘면 그게 이상한 거…… 어라?"

중얼거리던 모용기가 자리에 앉은 자세 그대로 고개만 뒤로 젖혔다.

어느새 모습을 드러낸 유진산이 모용기를 내려다보고 있
었다.

모용기가 히죽 웃었다.

"할배, 안녕?"

유진산이 얼굴을 찌푸렸다.

"이런 버르장머리 없는 놈. 제대로 인사하지 못하겠느
냐?"

"에이, 새삼스럽게 뭔 버르장머리를 찾아? 하루 이틀 보
는 것도 아니고."

"썩을 놈."

유진산이 고개를 절레절레 저었다.

그러나 더 타박하지 않고 모용기의 옆에 자리를 잡았다.

모용기와 마찬가지로 주원종에게 지도를 받는 아이들을
물끄러미 내려다보던 유진산이 문득 입을 열었다.

"봉마곡이 참 시끌벅적하구나."

자신이 처음 봉마곡을 열었을 때, 그리고 몇 달 전까지만
해도 누구 하나 정신을 잃기 전에는 고요함을 유지했던 봉
마곡이었다.

그것이 모용기를 필두로 아이들이 하나둘씩 들어서기 시
작하자 지금처럼 시끌벅적한 분위기가 된 것이다.

모용기가 유진산을 쳐다봤다.

"왜? 그게 싫어?"

모용기의 물음에 유진산이 고개를 저었다.

"나도 모르겠구나."

예전과는 달리 활기가 넘치는 것이 기껍기도 했지만 조금은 복잡한 심경이기도 했다.

언젠가는 떠나갈 아이들이란 것을 잘 알기 때문이다.

유진산이 문득 모용기를 쳐다봤다.

"그런데 넌…… 언제 떠날 것이냐?"

모용기가 저도 모르게 뺨을 붉적였다.

"알고 있었어?"

"그걸 어찌 모르겠느냐? 네 녀석의 눈이 다른 곳을 향하고 있는데."

제갈연의 일이 마무리되고 다른 아이들 역시 각자의 길을 찾았다고 생각하자 다른 생각이 들었다. 그 점을 유진산이 용케 잡아낸 것이다.

그러나 모용기는 고개를 저었다.

"나도 빨리 나가서 할 일이 있는데 아직은 안 될 것 같아."

"왜? 혹 남궁가의 아이 때문이냐?"

아직 마무리되지 않은 것이 있다면 저 홀로 외딴 곳에 있는 남궁서천이라고 생각했다.

그러나 모용기는 이번에도 고개를 저었다.

"제 할머니가 있는데 내가 왜 그딴 꼴통을 신경 써? 처음에야 죽으면 골치 아프니까 조금 찾아봤던 거고, 이제는 알아서 잘하고 있는데 뭐."

귀찮다는 얼굴로 삐딱하게 말을 해도 그것이 그의 진심이 아니라는 것을 잘 알고 있는 유진산이었다.

홀로 떨어져 생활하는 남궁서천에게 관심을 두고 가끔씩 찾아가는 이는 모용기가 유일했기 때문이다. 그것은 황월영도 하지 않는 일이었다.

그러나 굳이 그것을 들추어낼 생각은 없었던지 제 의문을 푸는 데 집중하는 그였다.

"그럼 뭐냐? 무엇 때문에 안 나가고 이러고 있는 것이냐?"

"할배는 내가 그렇게 나갔으면 좋겠어? 못 쫓아내서 안달 난 사람처럼 그래?"

"그게 아니고 네 녀석이 똥 마려운 강아지처럼 안절부절못하니 물어보는 것이 아니냐? 말 돌리지 말고 대답이나 하거라."

모용기가 가만히 입을 다물었다.

그리고는 저 멀리서 주원종에게 얻어맞아 죽을상을 하고 있는 철무한을 쳐다보며 다시 입을 열었다.

"할배 손자 때문에……."

"내 손자? 무한이?"

"그래. 할배도 알겠지만 쟤는 여기 오래 두면 안 돼. 빼먹을 것만 쏙 빼먹고 빨리 나가야지, 오래 두면 오래 둘수록 재만 손해야."

유진산이 모용기의 시선을 따라 철무한을 쳐다봤다.

'용천도법이라……'

이제는 세상에 없는 옛 친우의 무공이었다.

그의 흔적이 사라지는 것이 안타까워 철무한에게 가르친 것인데, 그 수련법이 생각보다 까다롭다는 게 문제였다.

"확실히 한계를 봐야 성장하는 무공이지."

생과 사의 경계까지 몰아붙이면 성장하는 것은 어느 무공이든 똑같은 이치였다.

그러나 용천도법은 유독 심하다 싶을 정도로 그것을 강요했다.

도를 매개체로 해서 진기로 상대를 공격하는 것이 용천도법의 핵심.

결국 자유로운 내력은 필수적이었고, 그것이 가능하려면 자신의 한계를 명확하게 알고 있어야 했다.

모용기가 금와의 독단까지 동원해서 철무한에게 하루에도 몇 번씩이나 사선을 강요하는 이유이기도 했다.

"차라리 저 녀석 혼자 봉마곡에 들어왔다면 좋았을 텐데……"

모용기의 중얼거림에 유진산이 저도 모르게 고개를 끄덕였다.

지금은 봉마곡 노괴들의 시선이 너무 분산됐다.

모든 이의 시선이 철무한 하나에게만 향했다면 분명 상황은 달랐을 것이다.

유진산이 문득 모용기를 쳐다봤다.

"그런데 네가 그것을 어떻게 아느냐?"

"응? 뭐가?"

"용천도법 말이다. 네가 그것을 어떻게 아는 것이냐? 분명 강호에서 자취를 감춘 지 오래되었을 터인데."

유진산의 눈매가 조금은 가늘어졌다.

그러나 모용기는 별다른 표정 변화 없이 어깨를 들썩일 뿐이었다.

"그 정도야 딱 보면 아는 거지. 다른 노친네들도 저 녀석 보자마자 눈치 챘을걸?"

"그거야 그 친구들은 무공을 접한 세월이 있으니 가능한 것 아니냐? 네 녀석은 아무리 길게 잡아도 십 년 남짓인데……."

"할배가 나보고 천재라며? 천재면 그 정도는 해야지."

능청스런 얼굴로 대꾸하는 모용기를 보며 유진산이 얼굴을 찌푸렸다.

제대로 된 답을 해 줄 마음이 없다는 것을 알아차린 탓이다.

원하는 답을 구하려면 힘을 써야 했지만 굳이 그럴 생각은 없었다.

유진산이 고개를 절레절레 저으며 다른 말을 했다.

"어쨌든…… 그게 전부냐?"

"그럼 그 이유가 전부지, 다른 이유가 뭐가 있겠어?"

담담한 얼굴로 고개를 주억거리는 모용기를 보며 유진산이 조금은 재미있다는 얼굴을 했다.

"으으…… 죽겠다."

제갈연이 잔뜩 찌푸려진 얼굴로 어깨를 토닥거렸다.

주원종만큼은 아니지만 단정순의 가르침 역시 혹독하기는 마찬가지였다. 오히려 그들보다 더한 면이 있었다. 주원종의 시선을 여럿이서 나누는 다른 아이들과는 달리 그녀는 단정순의 시선을 홀로 받아 내야 했기 때문이다.

항상 녹초가 됐다. 다른 아이들처럼 울긋불긋한 멍을 달고 살지 않았을 뿐, 온몸이 쑤시는 건 마찬가지였다.

그래서 수련이 끝나면 지금처럼 평상에 앉아 뭉친 근육을 풀어 주고는 했는데, 때마침 모습을 드러낸 철무한이 그 모습을 발견하고 아는 체를 했다.

"거기서 뭐 해?"

"어? 철 공자……."

철무한이 고개를 절레절레 저으며 평상에 털썩 엉덩이를 걸쳤다.

"철 공자는 무슨. 넌 언제까지 그렇게 부를 거야? 다른 애들은 말도 척척 잘 놓던데."

"전 이게 편해서……."

"너만 편하면 다야? 내가 불편하다고. 같이 편해야지."

철무한의 말에 제갈연이 곤란하다는 듯 어색해 보이는 미소를 보였다.

그 모습을 보고 한숨을 푹 내쉰 철무한은 이내 고개를 젓고 말았다.

"됐고. 그보다 뭐 하고 있었던 거야?"

"아, 그게…… 어깨가 좀 쑤셔서……."

제갈연이 다시 어깨를 토닥거리기 시작했다.

그 모습을 쳐다보던 철무한이 알 만하다는 얼굴을 했다.

자신 역시 마찬가지였기 때문이다.

동병상련의 감정을 느꼈다.

그래서 모처럼 선심을 쓸 마음이 생겼다.

"그래서 풀리겠어? 돌아앉아 봐. 내가 좀 풀어 줄게."

"예? 예?"

"뭘 그렇게 놀래? 어깨나 풀어 주겠다는데."

"아니, 그게……."

"됐으니까 얼른 돌아앉아 보라고. 내가 맨날 소화 근육 풀어 주다 보니까 생각보다 잘하거든."

"아니, 그게 아니고……."

"얼른 돌아앉아 보라니까?"

철무한이 당황한 얼굴을 하는 제갈연을 억지로 돌려

앉혔다. 그리고는 딱딱하게 뭉친 어깨를 가볍게 주무르기 시작했다.

"어머…… 어머……."

낯선 손길에 제갈연의 얼굴이 새빨개졌다.

그러나 그것도 잠시 철무한의 손길이 닿을 때마다 욱신거리는 통증에 저도 모르게 신음성이 새어 나왔다.

"아! 아야! 철 공자, 좀 살살…… 아! 아야!"

"이것 봐. 근육이 아주 똘똘 뭉쳤네. 무슨 근육들이 이렇게 협동심이 좋아?"

"아니, 근육에 무슨 협동심이…… 아! 아야! 좀 살살……."

그러나 고통에 찬 신음성도 그리 오래가지 않았다.

시간이 좀 지나자 근육이 시원하게 풀리는 느낌에 제갈연의 신음성이 조금은 야릇하게 변해 가기 시작했다.

"아…… 아……."

"거봐. 내 말이 맞지? 내가 생각보다 이거 잘한다고. 하루 이틀 소화……."

제갈연의 달라진 반응에 신이 난 듯 입을 열던 철무한은 이내 입을 다물 수밖에 없었다.

싸리문 안으로 들어선 모용기가 두 눈에 불을 켰기 때문이다.

"지금 이게 뭐 하는 짓이야!"

제갈연이 조금은 당황한 눈으로 모용기를 쳐다봤다.

"어? 모, 모용 공자."

철무한은 아무렇지도 않다는 얼굴로 모용기를 돌아봤다.

"어? 왔어?"

"왔어가 아니고 너 지금 무슨 짓이야?"

"무슨 짓이긴? 연아가 어깨가 뭉쳤다고 해서 풀어 주던 중이었는데."

"뭔 소리야? 얘 어깨를 네가 왜 풀어 줘? 그리고 연아 너."

제갈연이 괜히 움찔한 얼굴로 모용기를 쳐다봤다.

"예? 예?"

"넌 지금 뭐 하는 거야? 왜 가만히 있어? 외간남자가 지금 주물럭거리는데?"

"주, 주무르긴 누가 주물러요? 안마해 주는 거죠."

"그게 무슨 안마야? 수작업이지!"

모용기가 버럭 소리를 질렀다.

제갈연이 얼굴을 찡그렸다.

"왜 소리를 질러요? 됐어요. 나 갈래."

그리고는 찬바람을 쌩쌩 날리며 제 거처로 걸음을 옮겼다.

모용기가 여전히 씩씩거리는 기색으로 제갈연을 불렀다.

"야! 너 거기 안 서? 연아야! 제갈연!"

철소화가 고개를 갸웃거리며 모습을 드러냈다.

"왜? 또 무슨 일인데? 제갈 언니는 왜 저래?"

그러나 누구도 철소화의 물음에 대답하지 않았다.

모용기가 멀뚱멀뚱 쳐다보는 철무한을 쳐다보며 이를 갈았다.

"너 이 새끼. 넌 꼭 내가 데리고 나간다."

굵은 빗줄기가 후드득 지붕을 때리는 소리가 여과 없이 전해졌다.

찬바람이 채 가시지 않았을 때 봉마곡으로 들어왔는데, 햇볕이 쨍쨍 내리쬐는 여름이 들어서더니 어느덧 굵은 빗줄기가 떨어지는 우기로 접어들었다.

비가 올 때는 봉마곡의 노인들이 밖으로 나돌지를 않는다. 가만히 있어도 온몸이 쑤신다는 것이 이유였다.

그 덕에 모처럼 찾아온 휴식을 만끽하려 바닥을 데굴데굴 굴러다니던 소무결이 문득 입을 열었다.

"아, 좋다!"

딱 오늘만 같았으면 좋겠다는 생각이다.

정주형이 신기하다는 눈으로 소무결을 쳐다보며 말했다.

"넌 좀…… 허리도 안 아프냐? 벌써 며칠째야? 하루 종일 뒹굴거리는 게. 허리는 둘째 치고 머리가 어지러워서라도 일어나야 정상 아니야?"

정주형 자신도 모처럼의 휴식에 좋아라 하며 뒹굴거렸는데 채 하루를 채우지 못했다. 하루 종일 누워만 있다 보니 너무 어지러웠던 것이다. 그것은 다른 아이들도 마찬가지였다.

그런데 꿋꿋이 버티고 있는 소무결을 보자 신기하다는 생각이 든 것이다.

"나도 조금 어지럽긴 한데, 그것도 하다 보면 익숙해지더라고. 너도 한번 해 봐. 이게 하다 보면 또 적응이 돼서, 세상이 빙글빙글 돌아가는 게 은근히 재미있어."

정주형이 질렸다는 얼굴을 했다.

"미친놈."

그리고는 고개를 절레절레 저으며 창밖으로 시선을 돌렸다.

여전히 후드득 소리를 내며 굵은 빗줄기.

살을 태울 듯한 한여름의 열기를 조금이나마 걷어 내 준 것은 고마웠지만, 그의 눈에는 어딘가 우려의 기색이 담겨 있었다.

"어째 빗줄기가 점점 더 굵어지는 것 같은데?"

정주형이 차를 홀짝이고 있는 철무한을 쳐다봤다.

"이거 괜찮을까요? 바람도 심하게 불고 아무래도 심상찮은 게 태풍이라도 올 것 같은데……."

워낙 외딴 곳이라 태풍이 쓸고 지나가면 피해가 만만치 않을 것이라는 계산이었다.

그리고 그 생각은 다른 아이들 역시 마찬가지였는지, 만사태평한 소무결 정도를 제외하고는 아이들의 시선이 철무한에게로 쏟아졌다.

아이들의 시선을 한 몸에 받은 철무한이 고개를 저었다.

"그걸 왜 나한테 물어봐? 물을 거면 내가 아니라 쟤한테 물어봐야지."

철무한이 턱짓으로 모용기를 가리켰다.

창밖을 내다보다 아이들의 시선을 받게 된 모용기가 어깨를 들썩였다.

"뭐 큰일이야 있겠어? 아무리 태풍이 강해 봐야 집을 날려 버릴 정도는 아니니까. 뭐 조금 부서질 수는 있는데, 그 정도는 쉽게 복구가 가능하니까."

그러나 정주형의 얼굴에는 여전히 불안하다는 감정이 남아 있었다.

"그래도 산중이고, 여기저기 굴곡이 많은 지형이라 갑자기 물이라도 차오르면……."

"그건 계곡에서나 그런 거고. 여긴 그런 것도 아니라서 물이 차오르지도 않고, 또 어떻게 차오른다고 해도 충분히 대처할 시간이 있다고."

듣고 보니 또 틀린 말은 아니었다.

산중이라도 비교적 평탄한 지형이라 쉽게 물이 차오르지도 않을 것처럼 보였고, 차오른다고 해도 계곡처럼 손쓸 틈도 없이 급격히 불어날 것처럼 보이지도 않았다.

　그제야 정주형이 불안함을 가라앉히며 고개를 끄덕이는데, 당소문이 문득 끼어들며 입을 열었다.

　"물이 차면 위험한가?"

　정주형이 고개를 끄덕였다.

　"아무래도 산중이니까. 사실 물이 차는 것보다 급격히 불어나는 게 문제지. 어떻게 손써 볼 틈도 없이 불어나서 순식간에 다 쓸어버리니까. 근데 쟤 말대로 크게 걱정하진 않아도 될 것 같아. 여긴 계곡도 아니고……"

　당소문이 정주형의 말을 끊으며 다시 질문했다.

　"계곡에는 물이 순식간에 들어차나? 어느 정도로? 우리가 빠져나오지 못할 정도로?"

　"이게 눈 한 번 깜빡하면 거의 두 배 정도로 불어나더라고. 예전에 한 번 경험한 적이 있는데, 이게 아차 하는 순간 불어나서 순간적으로 대처하기가 까다로워. 아무리 우리라도 방심하고 있다가는 한 번에 쓸려나갈걸? 예전에도 우리 아버지 아니었으면 진짜 죽는 줄……"

　그러나 당소문은 이미 모용기를 쳐다보고 있었다.

　정주형이 기분 나쁘다는 얼굴로 눈매를 좁히려는 찰나.

　당소문이 다급한 얼굴로 입을 열었다.

"문제가 생겼다!"

모용기가 심드렁한 얼굴로 당소문을 쳐다봤다.

"또 뭐?"

"서천이! 서천이가 자리 잡은 곳이 동쪽 계곡이다!"

모용기가 와락 얼굴을 구겼다.

"망할!"

참룡
회귀록

斬
龍
回
歸
錄

참룡회귀록

斬龍回歸錄

48 章.

빗줄기가 점점 더 굵어졌다.

세찬 바람에 옷자락이 펄럭이며 휘날렸다.

무심한 얼굴로 검을 휘두르던 남궁서천도 더 이상은 외면하기 어려울 정도였다.

"흐음……."

검이 비바람에 밀려 뻗어 나가지 못했다.

남궁서천이 드디어 검을 내렸다.

세찬 비바람 속에서 검을 휘두르는 것이 무리라는 생각이 든 것이다.

"오늘은 일찍 접어야겠군."

마음을 정한 남궁서천은 검집에 검을 집어넣고 계곡

한편에 마련된 자신의 오두막으로 걸음을 옮겼다.

닥치는 대로 나무를 끌어와 얼기설기 엮은 볼품없는 오두막이었지만, 비바람을 막아 주기에는 충분했다.

그리고 오두막 안으로 들어서는 순간 어딘가 모르게 포근한 느낌도 들었다.

남궁서천이 문득 미간을 좁혔다.

"제길. 이것도 적응이 되긴 하는구나."

예전에는 상상도 할 수 없었던 일이었고, 또 시간이 지났다고 이러한 생활에 적응을 한다는 것이 그리 유쾌한 기분은 아니었기 때문이다.

게다가 비까지 쏟아져서 공기까지 눅눅했던 터라 기분이 더 가라앉았다.

"후우……."

짧게 심호흡을 하며 애써 불편한 마음을 억누른 남궁서천이 곧 몸을 쓰기 시작했다.

예전에는 몰랐지만 이제는 어렴풋이나마 느끼고 있었다.

아무거나 주워 먹고 아무 데서나 뒹굴면 몸이 상하기 딱 좋다는 것을.

지금처럼 궁벽한 상황에서 몸까지 상하면 최악이다.

몸 상태를 유지하기 위해서는 잘 먹고 잘 쉬어야 했다.

"일단은……."

남궁서천은 오두막 가운데에 마련된 화로부터 쑤석거려

불길부터 되살려 냈다.

그리고는 그동안 틈틈이 모아 뒀던 과일이며 뿌리, 혹은 토끼 고기 같은 것들도 불 주위에 차곡차곡 쌓아 뒀다.

오두막 안으로 흙이나 먼지가 쌓여 엉망진창인 것이 눈에 걸렸지만 거기까지 손을 쓰지는 않았다. 어차피 의미가 없다는 것을 알기 때문이다.

하루도 채 못 가고 또다시 같은 꼴이 될 터였다.

짧은 준비를 마친 남궁서천이 화롯불의 옆에 자리를 잡으려다가 문득 미간을 좁혔다.

물에 젖은 옷이 거추장스러웠기 때문이다.

"찝찝한데……."

단련된 신체를 믿기 때문에 고뿔 같은 것은 걱정하지 않는다. 그저 물에 젖은 옷이 찝찝할 뿐이었다.

"흐음……."

어쩔까 고민하다가 이내 스스럼없이 옷을 벗기 시작했다. 지켜볼 이가 없었기 때문에 가능한 일이다.

그러나 마지막 한 조각, 자신의 중요 부위를 가린 속옷으로 손이 갔을 때는 멈칫하며 망설이는 기색을 보였다. 조금은 꺼림칙한 기분이 든 탓이다.

"어차피 볼 사람도 없는데……."

역시 결론은 마찬가지였다.

편하게 마음을 가지자 손놀림에 거침이 없어졌다.

마지막 남은 속옷마저도 벗어 불가에 가지런히 널어 둔 남궁서천은 어느새 익었는지 고소한 냄새를 피워 올리는 음식물로 손을 가져갔다.

소금 같은 기초적인 양념조차 없어서 밍밍하기 짝이 없는 맛이었다.

그러나 맛이 있건 없건 굶주린 배를 채우기에는 충분한 양이었다.

게다가 따듯한 불 옆에 앉아 있던 터라 잠이 솔솔 오기 시작하는 것을 느낄 수 있었다.

"하암……."

하품을 하면서도 애써 두 눈을 부릅떠 보려 하지만 부질없는 짓이었다.

저도 모르게 눈이 감기기 시작하며 잠이 들었다.

그리고 반시진가량 흘렀을 때.

고개를 꾸벅거리던 남궁서천이 한순간 눈을 번쩍 뜨며 자리에서 일어섰다.

"헛! 차가워! 뭐, 뭐야?"

얼굴을 찌푸리던 남궁서천은 그것의 정체를 파악하고는 미간을 좁혔다.

"물?"

자신의 엉덩이를 적신, 걸음을 옮길 때마다 발길에 채여 찰박거리는 것은 분명 물이었다.

치이익!

화로를 감싸려 조금은 높게 쌓아 뒀던 둔덕으로 기어이 물이 타넘고 흘러들었다.

하얀 연기를 뿜는 화로를 보며 남궁서천이 당황한 얼굴을 했다.

"이, 이런!"

불씨는 꺼트려선 안 된다. 날이 쨍쨍하다면 모를까 지금처럼 비바람이 몰아치는 날에는 불을 구할 수가 없었다. 생존에 있어 중요한 문제였다.

남궁서천이 급하게 손을 뻗어 남아 있는 불씨를 낚아챘다.

"다행이다."

작은 가지에 남아 있는 위태롭기 짝이 없는 불씨였지만, 그것을 보관하는 것은 그리 어려운 문제가 아니었다. 지난 몇 달간 혼자 생활하며 불씨를 보관하는 것에는 이골이 났기 때문이다.

"어디 마른자리를…… 어?"

무심코 주위를 둘러보던 남궁서천이 눈을 동그랗게 떴다.

어디에선가 새어 들어와서 방 안에 넓게 펼쳐진 물.

눈을 씻고 살펴봐도 마른자리는 찾아볼 수 없었다.

"어디서 이렇게 물이…… 어?"

벽처럼 쌓아 둔 통나무 사이로 새어 들어오는 물.

그 줄기가 어느새 꽤나 굵어진 모습이었다.

"이, 이런! 얼른 막아야……!"

그 순간 통나무가 끼이익 소리를 내더니 스르륵 흘러내리기 시작했다.

"어, 어?"

남궁서천이 당황으로 잠시 몸이 굳어진 사이, 기어이 굵은 통나무가 밀려나더니 쾅 하고 폭탄이 터지듯이 폭음을 내뱉었다.

남궁서천이 암담한 눈을 했다.

"망할!"

"서천아! 야, 인마! 대답 좀 해 봐!"

"서천아! 남궁서천! 너 어디 있어?"

정무맹의 아이들이 남궁서천을 찾는 목소리였다.

"남궁서천! 남궁서천!"

"남궁 자식아! 어디 있어? 대답 좀 하라고!"

조금은 딱딱한 호칭으로 남궁서천을 찾는 것은 패천성의 아이들이었다.

"남궁이란 개잡종 자식아! 당장 튀어나오지 못해!"

안은희의 뾰족한 목소리에 아이들의 시선이 한곳으로 모여들었다.

안은희가 어깨를 들썩이며 대꾸했다.

"우리 할아버지가 이렇게 부르라고 했다고."

모용기가 얼굴을 구겼다.

"야! 지금 장난 칠 때야?"

"장난 아닌데……."

입술을 삐죽거리는 안은희를 보고 고개를 절레절레 저은 모용기는 이내 다시 주위를 살피기 시작했다.

아직 해가 진 것도 아닌데 세찬 비바람이 시야를 좁히고 있었다.

완전히 해가 떨어지고 나면 한 치 앞도 분간하기 힘들어질 터.

그것은 정말 위험했다.

모용기가 명진을 돌아봤다.

"네가 애들이랑 같이 움직여."

모용기의 말에 명진이 대꾸하기도 전에 제갈연, 철소화, 백운설이 먼저 반응했다.

"고, 공자!"

"오빠 또 뭐 하게?"

"기, 기아야!"

모용기가 제갈연을 쳐다보며 어깨를 으쓱거렸다.

"할 수 없잖아. 이대로 내버려 두면 진짜 죽을지도 모른다고."

"그럼 같이 가요. 다 같이……."

"뭔 소리야? 너희들이 감당할 수 있을 것 같아? 같이 가자는 게 저승으로 같이 가자는 말은 아니지?"

"그럼 공자는요? 공자는 감당이 되고요?"

"당연하지. 날 뭐로 보는 거야? 내 발로 무덤 자리에 기어들어 갈 그런 놈으로 보여?"

"예?"

"갔다 올게. 금방 온다."

"지난번에도 금방 온다 해 놓고……."

그러나 제갈연은 말을 끝까지 잇지 못했다.

모용기가 예전처럼 제갈연의 머리를 쑤석거렸기 때문이다.

제갈연이 조금은 당황스럽다는 얼굴을 했다

그리고는 이내 눈매를 좁히며 모용기의 손을 탁 쳐냈다.

"내 머리! 머리 만지지 말랬죠?"

"어차피 다 망가졌어. 내가 만져서 망가진 거 아니거든?"

"어쨌든 만지지 말라고요! 나 그거 싫다고요!"

제갈연이 고양이가 뾰족하게 털을 세우는 것처럼 성을 내자 모용기가 픽 하며 웃음을 흘렸다.

그리고는 몇 걸음 뒷걸음질 치더니 한순간 몸을 훌쩍 날렸다.

"금방 올게!"

순식간에 멀어지는 모용기의 모습에 제갈연이 눈을 동그랗게 떴다.

"아, 아니! 같이……!"

그러나 허무한 목소리일 뿐이다. 어느새 모용기는 아이들의 시야에서 완전히 사라져 버리고 말았던 것이다.

제갈연이 여전히 걱정이 가득한 눈으로 모용기가 사라진 자리를 물끄러미 쳐다보는데, 철소화가 저도 모르게 입술을 삐죽거렸다.

"치…… 난 보이지도 않는다 이거지?"

그리고 백운설은 어딘가 모르게 서글퍼 보이는 얼굴이었다.

황월영이 안절부절못하고 있다는 것 정도는 굳이 그녀에게 시선을 두고 있지 않아도 어렵지 않게 알아챌 수 있었다.

주원종이 혀를 차며 말했다.

"쯧. 거 누님도 참. 그렇게 걱정되면 직접 찾아보시든가. 정신 사납게 그게 뭐 하는 거요?"

"어? 어?"

"어가 아니고…… 똥 마려운 강아지도 아니고 뭘 그렇게 안절부절못하냔 말이오. 그럴 거면 직접 찾으러 가든가, 아니면 앉아서 차분히 기다리든가."

주원종의 말이 틀린 말은 아니었다.

황월영 자신도 직접 찾으러 가고픈 마음이 굴뚝같았다.

그러나 그녀는 그 마음을 차마 행동으로 옮길 수는 없었다.

남궁서천이 자신을 거부했기 때문이다.

유진산이 주원종을 향해 손을 뻗으며 말했다.

"이놈아, 네가 월영이 사정을 모르는 것도 아니면서 말을 꼭 그렇게 해야겠느냐? 가뜩이나 속이 시커멓게 타들어가는 사람한테……."

"사정을 아니까 하는 말 아닙니까? 어찌 됐든 황 누님이 그놈 시키 조모인데 제 놈이 뭔데 인정하네 마네 한단 말입니까?"

"아니, 그게 그렇게 간단한 문제가……."

"아니요. 간단합니다. 황 누님이 할머니, 그 버르장머리 없는 놈의 시키가 손자. 그런데 뭐가 그리 무서워서 눈치를 본답니까?"

"아니, 그러니까 그게……."

"말이 나온 김에, 남궁 늙은이 그놈이 잘못한 것이지 황 누님이 잘못을 저지른 것은 없지 않습니까? 남궁진운 그 자식이 제 아비 잘못을 감추겠다고 제 어머니 격인 누님을 집에서 내친 것 아닙니까? 누님은 화도 안 납니까? 제가 누님이었다면 손자고 뭐고 남궁이란 성이 붙은 종자들은 싸그리 잡아 죽이고 말았을 겁니다. 그런 주제에……."

그때 안희명이 주원종의 팔을 잡아챘다.

"왜?"

"그만하게."

"그만두긴 뭘 그만둬? 내가 틀린 말……."

그러나 안희명은 다시 한 번 고개를 저어 주원종의 말을 끊었다.

"누님이 불편해하지 않는가? 이제 그만하게."

주원종이 헙 하고 입을 다물었다.

화가 나서 저도 모르게 입을 열다 보니 황월영의 아픈 곳을 건드렸다는 것을 뒤늦게 눈치 챈 것이다.

주원종이 황월영의 눈치를 살폈다.

"누님, 내가 일부러 그런 게 아니고……."

"괜찮다."

황월영이 선선히 고개를 끄덕였지만 축 처진 어깨가 유독 눈에 거슬렸다.

주원종이 미안한 마음에 멋쩍은 얼굴로 헛기침을 했다.

"험험……."

그 모습을 보고 픽 웃음을 흘린 당명이 활월영을 쳐다보며 말했다.

"누님."

"왜 그러느냐?"

"그거 꼭 남궁가의 그 녀석에게 전해야 합니까?"

황월영이 당연하다는 듯이 고개를 끄덕였다.

"원래 그 아이에게 전해져야 했던 것이다."

그러나 당명은 생각이 달랐다.

"원래 주인은 남궁호 그 늙은이가 아니었던 걸로 알고 있는데."

황월영이 미간을 좁혔다.

"너는 무슨 말을 하고 싶은 것이냐?"

"무슨 말이겠습니까? 누님께서 가지신 것은 원래 남궁의 것이 아니니 아무에게나 전해도 무방하다는 말입니다."

"너는 지금 내게 가문을 배신하라 말하는 것이더냐?"

황월영의 목소리가 싸늘하게 변했다. 목소리 못지않게 차가운 얼굴로 냉기를 풀풀 흘렸다.

당명은 하고 싶은 말이 많았다.

그러나 이번에도 안희명이 끼어들어 당명의 팔을 툭툭 치며 눈치를 줬다.

당명이 못마땅하다는 눈으로 안희명을 흘겨보고는 고개를 돌려 버렸다.

"에잉……."

냉기를 풀풀 흘리며 당명을 노려보던 황월영은 한참 후
에야 조금은 수그러든 목소리로 입을 열었다.

"네가 무슨 말을 하는지는 나도 안다. 그러나 어쩌겠느
냐? 눈에 보이지 않았다면 모를까 남궁의 피를 이은 아이가
내 앞에 나타났는데, 이게 인연이 아니고 무엇이겠느냐?"

당명이 얼굴을 찡그렸다.

황월영의 말이 맞았기 때문이다.

보지 않으려 봉마곡으로 숨어든 황월영이다. 그런데 기어
코 봉마곡으로 기어들어 그녀를 찾아낸 남궁의 핏줄이었다.

남궁서천에게 전해지는 것은 우연이 아니라 필연인 것처
럼 보였다.

그러나 그 꼴을 두고 보고 싶지 않다는 것이 솔직한 마음
이었다.

'지금이라도 치워 버릴까? 그러면 다른 녀석에게 전해지
지 않을까?'

잠시 고민해 본 그였지만 이내 고개를 내젓고 말았다.

남궁서천이 봉마곡에 처음 발을 디뎠을 때라면 모를까
지금은 많이 늦었다.

그런 마음이 접어 두는 편이 모두를 위해서 좋았다.

그러나 아쉬운 마음은 쉽게 가시지 않았다.

'차라리 이번에 휩쓸려 내려가 버렸으면 좋겠군.'

콰아아!

계곡을 따라 달리던 모용기가 거센 물길 소리에 걸음을
멈췄다.

"와, 무슨 놈의 물길이…… 모르는 사람이 보면 둑이라
도 터진 줄 알겠네."

엄청나게 불어난 급류가 모든 것을 집어삼킬 기세로 사
납게 뻗어 나갔다.

무공을 배우지 않은 이는 말할 것도 없었고, 무공을 배운
이라 하더라도 상당히 곤란하게 만들 것처럼 물길이 거셌
다.

"서천이 놈이 휩쓸렸으면 절대 못 빠져나오겠는데?"

모용기가 계곡을 따라 이동했다.

다른 일이라면 크게 위험하지 않겠지만, 급류에 휩쓸리
면 무사하지 못할 것이란 생각 때문이었다.

그러나 마음 한편으로는 쓸데없는 짓이라는 생각도 조금
들었다.

"에이, 설마 급류에 휩쓸렸겠어?"

순식간에 불어나는 물길이라 하더라도 분명히 틈은 존재
했다. 특히 무인이라면 빠져나올 시간은 충분하다 못해 넘
치는 수준. 조금만 주의를 기울이고 있었다면 급류에 휩쓸

릴 일은 없을 터였다.

"딱 봐도 위험한데 안 피하면 정신 나간 놈이지."

모용기는 마음을 조금 편하게 가지기로 했다.

아무리 생각해도 남궁서천이 급류에 휩쓸렸을 확률은 크지 않았기 때문이다.

"웃차!"

모용기가 크게 기지개를 켰다.

여전히 굵은 빗줄기가 떨어져 내리고 있어서 상쾌하다고는 할 수 없었지만 그 덕에 후덥지근했던 무더위가 잠시나마 물러나 모처럼 시원한 느낌에 기분이 좋았다.

"이럴 줄 알았으면 연아랑 같이 올 걸 그랬네."

괜히 급하게 움직였다는 생각이 들었다.

조금은 급해 보이던 발걸음이 어느새 무뎌지더니 이내 한가로운 몸짓으로 움직이기 시작했다.

반면 많이 누그러진 눈빛이기는 했지만 혹시 모를 일에 대비해 계곡을 살피는 눈길만큼은 멈추지 않았다.

그러나 먼저 움직임을 보인 것은 모용기의 눈이 아니라 귀였다.

모용기의 귀가 쫑긋하며 움직였다.

"어라?"

계곡의 물소리가 가득한 가운데 조금은 이질적인 소리가 섞여 있었다.

235

"짐승이라도 빠졌나?"

모용기가 걸음을 멈추며 귀를 기울였다.

그리고는 시간이 지날수록 모용기의 얼굴이 딱딱해져 갔다.

"사, 살려……."

희미하긴 했지만 분명히 사람의 목소리였다.

이내 멀리서 희멀건 물체가 첨벙이며 급류에 이리저리 휩쓸려 내려오는 것을 확인하는 순간.

"도, 도와줘!"

남궁서천의 목소리가 또렷해지더니 순식간에 모용기를 스쳐 지나갔다.

모용기가 얼굴을 와락 구겼다.

"망할!"

그리고는 훌쩍 몸을 날려 휩쓸려 내려가는 남궁서천과 보조를 맞췄다.

"이 새끼! 무공은 어따 팔아먹고 물에 빠지고 난리야!"

모용기의 말투가 곱지 않았다.

그러나 급류에 휩쓸려 정신이 없던 남궁서천은 그것에 관심을 두지 못했다. 제 일이 급했기 때문이다.

"살려…… 꾸르륵! 쿨럭! 쿨럭!"

주기적으로 물속으로 가라앉았다 떠오르기를 반복하는 남궁서천이었다.

제법 물을 먹었는지 움직임에 힘이 들어가지 않는 듯 보였다.

그것을 한눈에 알아본 모용기의 움직임이 한결 급해졌다.

"망할! 미치겠네, 진짜!"

그러나 급류로 뛰어들 엄두가 나지 않는다.

아직 물을 딛고 달릴 수 있는 등평도수의 경지까지는 이르지 못한 그였다.

거센 물길로 무작정 몸을 던지기는 부담스러웠던 게다.

"어? 너!"

"기아야!"

"오빠!"

자신을 부르는 목소리에 걸음을 멈추고 눈을 돌리던 모용기가 당황한 얼굴을 했다.

"어? 너희들이 어떻게……."

물길을 따라 내려오다 보니 자신을 뒤따르던 아이들과 마주한 것이다.

소무결이 먼저 나섰다.

"그건 내가 하고 싶은 말이라고. 너 서천이 찾으러 간 것 아니었어? 왜 다시 내려와?"

소무결의 말에 모용기가 흠칫했다.

"아, 맞다! 남궁서천!"

그리고는 냅다 뛰기 시작했다.

급하게 움직이는 모용기를 보며 소무결이 당황한 얼굴을 했다.

"왜? 뭐, 뭔데?"

그러나 말보다 행동이 빠른 소무결이었다. 소무결이 모용기의 뒤로 따라붙었다. 그 뒤를 다른 아이들 역시 우르르 따라붙었다.

"왜? 무슨 일인데?"

"고, 공자님! 말은 해 주고 달려야……!"

"오빠! 왜 그러는데?"

백운설, 제갈연, 철소화가 저마다 쫑알거렸다.

그러나 모용기가 답을 하기도 전에 먼저 상황을 눈치 챈 제갈연이었다.

"어? 저기…… 엄마야!"

물길에 휩쓸린 남궁서천을 확인한 그녀가 화들짝 놀란 듯 양손으로 눈을 감싸더니 걸음을 멈췄다.

"왜? 뭔데?"

제갈연의 시선을 따라가던 천영영이 나체의 남궁서천을 발견하고는 그 자리에 얼어 버렸다.

"엇! 쟤……."

같은 것을 확인한 여자아이들이 하나둘씩 화들짝 놀라며 움직임을 멈췄다.

"어머!"

"어머나!"

철소화만이 여전히 발을 놀리며 호기심이 가득한 눈을 했다.

"어? 저 오빠 생각보다 튼실……."

콩!

"아야! 왜 때려?"

철소화가 철무한을 향해 눈을 흘겼다.

철무한이 인상을 썼다.

"요게 발랑 까져 가지고! 너도 뒤에서 기다려!"

"싫어! 나도 볼…… 아니, 갈 거야!"

"요게 끝까지! 기다리라…… 어라?"

철무한이 어느새 움직임을 멈춘 다른 아이들을 확인하고는 당황한 얼굴을 했다.

철무한이 임무일을 쳐다봤다.

"왜?"

"저기……."

철무한이 임무일의 턱짓을 따라갔다.

콰아아!

이윽고 그의 눈이 더 이상 걸음을 옮길 수 없을 만큼 깎아지른 절벽에 닿았다.

그 아래로 계곡의 물이 무섭게 쏟아졌다.

"미, 미친!"

철무한의 눈동자가 반사적으로 모용기를 찾았다.

"야! 이, 이거……!"

그러나 모용기는 철무한에게 시선조차 주지 않았다.

주위를 휘휘 둘러보던 모용기가 무엇을 봤는지 한순간 눈을 반짝이고는 급하게 몸을 움직였다.

그리고는 강풍에 휩쓸려 부러진 듯 보이는 제법 큰 나뭇가지를 들어 올리더니 힘껏 내던졌다.

"웃차!"

풍덩!

나뭇가지가 정확히 남궁서천의 옆에 떨어졌다. 그러나 이미 정신을 잃은 듯 축 처진 남궁서천은 아무런 반응이 없었다.

모용기가 훌쩍 몸을 날렸다.

그리고는 자신이 내던진 나뭇가지를 정확히 딛고 올라섰다.

그러나 거센 물길에 휩쓸린 나뭇가지의 움직임에 따라 모용기의 신형이 이리저리 위태롭게 흔들렸다.

"제, 젠장!"

그러나 균형을 잡고 안전을 도모하기에는 시간이 부족했다.

모용기는 일단 손을 뻗어 남궁서천을 낚아챘다.

남궁서천이 모용기에게 팔을 잡힌 채 몸을 축 늘어트리고는 끌려 올라왔다.

나직이 한숨을 내쉰 모용기가 그제야 나뭇가지 위에서 균형을 잡으려는 찰나.

"으…… 으아악!"

정신을 차린 남궁서천이 발버둥을 쳤다.

"사, 살려……!"

"야, 야 인마! 움직이지 말라고!"

남궁서천이 모용기의 목덜미를 잡고 매달렸다.

모용기가 당황한 얼굴을 했다.

"야! 이거 안 놔? 이거 놓으라고!"

"나 주, 죽기 싫……!"

"이 새끼! 움직…… 어? 어?"

풍덩!

균형을 잡으려던 노력이 한순간에 수포로 돌아갔다.

남궁서천과 한 덩이가 되어 물에 빠진 모용기가 재빨리 물 위로 고개를 드러내고는 크게 숨을 토해 냈다.

"푸하!"

그리고는 빠르게 시선을 돌렸다.

그러나 디딜 곳이 되어 주던 나뭇가지는 어느새 멀리 멀어진 후였다.

"제, 젠장! 헉!"

와락 구겨지던 모용기의 얼굴이 당황한 듯한 숨소리를 남기고는 수면 아래로 쏙 들어갔다.

모용기의 다리에 필사적으로 매달려 있는 남궁서천.

'씨, 씨발!'

모용기가 이를 갈며 남궁서천의 머리채를 잡아끌었다.

"컥! 아악!"

남궁서천이 숨통을 틔움과 동시에 비명을 질렀다.

그러나 이내 또다시 모용기의 목덜미로 들러붙으려 했다.

"사, 살려……!"

픽!

"억!"

뒷덜미에 강한 충격을 받은 남궁서천이 축 늘어졌다.

모용기가 한 팔로 축 늘어진 남궁서천의 목을 감싸 안았다.

한숨을 돌린 모용기가 그제야 주위를 휘휘 둘러보다가 이내 당황한 눈을 했다.

"이, 이런!"

의지할 곳이 없었다.

디딜 만한 것이라도 있다면 어떻게든 시도라도 해 볼 텐데, 정말 아무것도 없었다.

콰아아아!

점점 더 웅장한 소리를 내며 시시각각으로 다가오는 웅장한 폭포.

"마, 망할!"

모용기가 암담한 눈을 했다.

"모용기!"

"응?"

명진의 외침에 모용기가 재빨리 시선을 돌렸다.

풍덩!

모용기가 집어 던졌던 것과 비슷한 크기의 나뭇가지가 계곡으로 떨어지며 잠시나마 파문을 만들었다.

그러나 생각보다 멀었다.

모용기가 크게 외쳤다.

"야! 좀 더 가깝게 던져 봐!"

풍덩! 풍덩! 풍덩!

몇 개의 나뭇가지가 마구잡이로 떨어졌다.

명진만이 아니라 다른 아이들 역시 눈에 보이는 대로 나뭇가지를 주워 들어 집어 던진 것이다.

그러나 손이 닿는 곳에 떨어진 것은 하나도 없었다.

"야 이 씨! 제대로 못…… 어라?"

콰아아아!

폭포 소리가 이전보다 더 생생하게 들려왔다.

등골이 서늘한 느낌에 모용기가 급한 얼굴로 발버둥 치며 내력을 있는 대로 끌어올렸다.

그러나 대자연의 위엄 앞에 인간은 한없이 나약할 뿐이
다.

모용기가 힘없이 물길에 쓸려나갔다.

"아, 안…… 으, 으아악!"

모용기의 비명이 길게 여운을 남겼다.

"어? 어? 모용 공……"

뒤늦게 따라붙은 제갈연이 당황한 얼굴을 했다.

"어, 어떻……!"

"오, 오빠!"

백운설과 철소화 역시 마찬가지였다.

운현이 명진을 쳐다봤다.

"야, 야! 이거……!"

그 순간 명진이 훌쩍 몸을 날렸다.

"야, 야 인마!"

운현이 당황한 얼굴을 하는 가운데 반사적으로 손을 뻗
었다.

찌이익!

명진의 옷자락이 길게 찢어졌다.

풍덩!

그리고는 모용기가 그랬듯 명진의 신형이 쑥 꺼지듯 폭
포 아래로 사라져 버렸다.

"야! 너 뭐 하는 거야!"

운현의 목소리가 허무하게 울려 퍼졌다.

그리고 그 순간 들려오는 패천성 아이들의 당황한 목소리.

"고, 공자님!"

"무한아!"

"오, 오빠! 하지 마!"

풍덩!

거대한 덩치답게 더 큰 파문이 일었다.

철무한이 물 밖으로 고개를 드러내며 크게 소리쳤다.

"갔다 올게!"

철무한의 목소리가 쩌렁쩌렁하게 메아리쳤다.

그리고는 모용기, 명진을 따라 이내 자취를 감춰 버렸다.

굵은 빗줄기는 멎었지만 가는 빗물이 여전히 안개처럼 흩뿌려지고 있었다.

게다가 날마저 어두워 수색을 하기에는 더없는 악조건이었다.

아이들의 이끌림에 모용기 등이 떨어진 폭포 아래를 살피던 유진산이 고개를 저었다.

"아무래도 멀리 휩쓸려 간 것 같은데……."

주원종이 모용기 등이 떨어진 백여 장 높이의 폭포를

올려다보며 불안한 얼굴을 했다.

"형님, 괜찮을까요? 이거 장난 아니게 높은데."

"글쎄, 크게 걱정하지 않아도 될 것 같긴 한데……."

하루가 멀다 하고 명진, 철무한과 손을 나누던 주원종이다. 둘의 실력은 속속들이 알고 있었다.

그래서 더 걱정이었다.

"걱정을 안 해도 된다니요? 모용기 놈은 몰라도 다른 아이들은 이 정도 높이의 폭포 아래로 떨어지면 살아남기가 어려울 텐데……."

"그거야 물이 없어서 녀석들을 받아 주지 못했을 때나 할 말이고, 물이 불어난 덕에 충분히 충격을 해소할 수 있었을 것 같아."

"그, 그럴까요?"

"그래. 아마도 괜찮을 걸세. 다만……."

계곡을 따라 멀리 내다보던 유진산이 난감하다는 얼굴을 했다.

철소화가 고개를 갸웃거렸다.

"할아버지, 왜? 무슨 문제 있어? 괜찮을 거라며?"

유진산이 고개를 끄덕였다.

"괜찮지. 괜찮을 것 같긴 한데……."

"왜? 할아버지도 불안해? 그럼 가서 찾아보면 되는 거 아냐?"

유진산이 얼굴을 찡그렸다.

"그, 그게……."

철소화가 답답하다는 얼굴을 했다.

"왜 그러는데? 무슨 문제인데?"

유진산이 한숨을 푹 내쉬더니 곧 입을 열었다.

"그게…… 이번 태풍에 진법이 어그러져서……."

"진법이 어그러져?"

멀뚱멀뚱 쳐다보며 유진산의 말을 따라 하는 철소화 대신 제갈연이 화들짝 놀라며 앞으로 나섰다.

"진법이 어그러져요? 그, 그럼……."

유진산이 고개를 끄덕였다.

"아무래도 한동안은 나가지도 들어오지도 못할 것 같구나."

콰아아!

폭포수가 콸콸 쏟아졌다.

절벽에 검을 틀어박은 채 대롱대롱 매달려 있던 모용기가 얼굴을 찌푸렸다.

"임독양맥이 열리면 좀 나아질까 싶었더니……."

절벽에 대롱대롱 매달려 버텨야 하는 신세는 변한 게 없었다.

모용기가 한숨을 푹 내쉬고는 위를 올려다봤다.

"군데군데 발 디딜 곳은 있고……."

임독양맥이 열리기 전이라면 엄두도 못 낼 일.

그러나 지금은 가능할 것도 같았다.

"이거 하나는 나아졌네."

그러나 가능하다는 것이 위험하지 않다는 말은 아니었
다.

게다가 지금은 짐 덩어리도 하나 짊어지고 있는 상황.

축 늘어진 채 모용기에게 안겨 있다시피 한 남궁서천.

발가벗은 탓에 적나라하게 느껴지는 맨살의 감촉에 괜히
짜증이 일었다.

"내가 왜 남자 새끼 맨몸을 만져야 하냐고!"

얼굴을 찌푸린 채 투덜거리던 모용기는 이내 고개를 휘
휘 저었다.

그리고는 다시금 시선을 들어 신중하게 지형을 살피다가
한순간 눈을 동그랗게 떴다.

"어라?"

폭포수에 휩싸인 채 무서운 속도로 떨어져 내리는 도사
차림의 소년.

모용기와 눈길을 마주한 명진이 모용기와 비슷한 얼굴로
눈을 동그랗게 떴다.

"너……!"

"망할!"

모용기가 얼굴을 와락 구기더니 냅다 다리를 뻗었다.

그 몸짓의 의미를 알아챈 명진이 자신 역시 발끝으로 모용기의 다리를 툭 짚으며 주르륵 흘러내렸다.

모르는 사람이 보면 발을 삐끗했나 싶을 정도로 위험한 몸짓도 잠시.

명진이 결을 따라 한 바퀴 휙 회전하더니 모용기의 바로 옆으로 불쑥 튀어나오며 검을 뻗었다.

픽!

자신의 옆에 대롱대롱 매달린 명진을 보며 모용기가 얼굴을 구겼다.

"야, 인마! 제정신이야? 여기가 어디라고 따라오고 난리야?"

그러나 명진은 모용기와 시선을 맞추는 대신 위를 올려다봤다.

모용기가 의문이 담긴 눈으로 그의 시선을 따라갔다.

"왜?"

"하나 더 있다."

"하나 더?"

의미를 알 수 없는 말에 모용기가 고개를 갸웃거렸다.

그러나 이내 익숙한 목소리가 뒤따르며 모용기의 청각을 자극했다.

"으아아악!"

"망할!"

시커먼 덩어리가 철무한임을 알아본 모용기의 얼굴이 와락 구겨졌다.

그리고는 이전처럼 다리를 쭉 내밀다가 명진과는 달리 허우적거리는 철무한의 몸짓에 화들짝 놀라며 다리를 접었다.

"미친놈아!"

명진처럼 힘을 제대로 쓰지 못하면 오히려 모용기 자신의 다리가 다칠 터. 당황한 기색이 역력한 철무한은 힘을 제대로 운용할 수 있을 것 같지가 않았기에 냉큼 다리를 접은 것이다.

"너!"

억울함이 가득한 철무한의 얼굴이 순식간에 스쳐 지나갔다.

"젠장! 받아!"

"어?"

남궁서천을 명진에게 냅다 집어던진 모용기가 절벽을 박찼다.

무서운 속도로 절벽을 박차며 순식간에 철무한을 따라잡은 모용기는 곧 속도를 줄이며 철무한과 보조를 맞추기 시작했다.

모용기를 확인한 철무한의 몸짓은 오히려 더 격해졌다.

"나, 나 좀…… 으아아악!"

"시끄러! 그러게 왜 따라와서는……."

모용기가 버럭 소리를 지르더니 눈을 흘겼다.

그러나 아래를 살피는 눈길은 냉정하기 그지없었다.

콸콸 쏟아지는 폭포수와 굵은 빗줄기에 시야가 흐릿했기에 더없이 신중한 얼굴이었다.

'삼십 장…… 이십 장…… 십오 장…… 지금!'

모용기가 이를 으드득 갈더니 벽면을 박찼다.

그리고는 철무한을 든 채로 무겁게 짓누르는 폭포수를 그대로 뚫어냈다.

철무한이 눈을 동그랗게 떴다.

"어? 어?"

풍덩!

"푸핫!"

깊숙이 가라앉았던 철무한이 간신히 물 밖으로 고개를 드러냈다.

"제, 젠장! 진짜 죽는 줄……."

철무한이 안도의 한숨을 내쉬고는 고개를 휘휘 돌렸다.

그리 멀지 않은 곳에서 무섭게 물을 쏟아 내는 폭포를 쳐다보고 있는 모용기를 어렵지 않게 확인할 수 있었다.

"야! 뭐 보는…… 어? 저 자식!"

모용기가 그랬던 것처럼 벽면을 밟으며 빠르게 내려오는 것은 분명 명진이었다.

모용기가 얼굴을 찡그렸다.

"이건 뭐 애도 아니고. 쟤 앞에서는 물도 함부로 못 마시겠다니까. 하도 따라 해서."

"그것보다…… 쟤 괜찮을까?"

"괜찮을 거야. 저 자식 생각보다 잘하니까."

모용기의 말이 끝나기가 무섭게 명진이 벽면을 박차고 튀어나왔다.

그리고는 자신들과 얼마 떨어지지 않은 거리에 풍덩하고 물을 튀기더니 오래지 않아 축 늘어진 남궁서천을 붙잡고 수면 위로 얼굴을 드러냈다.

"푸핫!"

거센 물살이 진로를 방해하자 명진에게 다가가려 버둥거리던 철무한은 입을 여는 것으로 대신했다.

"야! 괜찮냐?"

명진이 작게 고개를 끄덕였다.

용케 그것을 알아본 철무한이 다시 입을 열었다.

"그 자식은? 남궁 자식 말이야! 안 죽었어?"

명진이 남궁서천의 코로 손가락을 가져갔다.

여전히 숨이 붙어 있었다.

"괜찮은 것 같다!"

다행이란 얼굴로 고개를 끄덕인 철무한이 다시 모용기를 쳐다봤다.

모용기는 물에 둥둥 떠내려가는 와중에도 태평한 얼굴이었다.

철무한이 얼굴을 찌푸렸다.

"야, 이거 좀 어떻게 해 봐야 하는 거 아니야?"

"뭘?"

"뭘이 아니라 계속 이렇게 떠내려갈 거야? 빠져나가야지."

철무한이 조금은 다급한 얼굴로 말했다.

그러나 모용기는 시큰둥한 얼굴이었다.

"됐어. 그냥 편하게 있어."

"아니 그게 무슨…… 이 상황에서 어떻게 편하게 있어? 이 물살에서?"

"몸에 힘 빼. 힘 빼면 둥둥 떠."

"아니, 그게 아니고…… 어디까지 떠내려갈 줄 알고? 일단 빠져나가야지."

그러나 모용기는 여전히 움직일 생각이 없어 보였다.

태연한 얼굴로 몸에 힘을 뺀 채 급류의 흐름에 자신을 맡겼다.

"물이 불어서 좋은 것도 있다니까. 평소에 이 정도 물살이면 바위 피한다고 난리도 아니었을 텐데."

"야, 지금 그렇게 태평하게 있을 때야? 진짜 멀리까지 가게 되면 어쩌려고? 일단 빠져나가야……."

"됐다니까. 그럴 일 없다고. 신경 끄라고."

"물살이 이렇게 빠른데 왜 그럴 일이 없어? 어디까지 흘러갈 줄……."

"아 진짜, 그 자식 걱정은. 너희 할배가 진법 펼쳐 놓은 거 생각 안 나? 거기까지 가면 어차피 빠져나가지도 못해. 뱅글뱅글 돌면서."

모용기의 말에 철무한이 눈을 동그랗게 떴다.

"으응? 그건 또 무슨 말……."

"무슨 말이긴. 진법에 갇혀서 어차피 빠져나가지도 못한다고. 그러니까 신경 끄라고."

"그, 그게 무슨……."

철무한이 여전히 이해가 가지 않는다는 얼굴을 했다.

그리고는 자신들을 품고 빠르게 흘러가는 물길을 보며 다시 입을 열었다.

"네 말대로면, 물도 흐르면 안 되는 거 아냐? 이거 무섭게 흐르는데……."

"그게…… 너희 할배가 무슨 진법을 펼쳤는지 사람만 못 빠져나가더라고. 다른 건 다 빠져나가."

"무슨 그런 말도 안 되는……!"

"그런 말도 안 되는 짓을 한 게 너희 할배니까 따지려면 내가 아니라 너희 할배한테 따지고. 어디 보자. 이제 거의 다 온 것 같은데……."

모용기가 휘휘 고개를 돌렸다.

그 순간 무언가 턱 막히는 듯한 느낌이 들더니 주위를 감싸며 빠르게 흘러가는 물살이 무색하게 모용기의 신형이 그 자리에 멈춰 섰다.

그것은 철무한과 명진 역시 마찬가지였다.

철무한이 눈을 동그랗게 떴다.

"어? 이, 이게……."

모용기가 픽 웃음을 흘렸다.

"말했잖아. 진법이라고."

"아니, 그러니까…… 이게 말이 돼?"

"그건 나도 모르겠으니까 너희 할배한테 가서 따지라니까? 그보다……."

모용기가 어느새 다가온 명진으로부터 남궁서천을 건네받으며 손을 움직였다.

벽을 짚고 조금씩 움직이는 것처럼 무형의 무언가를 만지며 이동을 시작했다.

"이제 빠져나가자."

자신 혼자라면 한걸음에 박차고 나갈 터이지만 명진과 철무한을 배려한 움직임이었다. 사실 철무한을 배려한 측면이 더 강했다. 명진이라면 어설프게나마 자신을 흉내 내

뒤처지지 않을 것이기 때문이다.

"내가 무슨 보모도 아니고."

괜히 심통이 난 얼굴로 투덜거리는 모용기를 명진이 쳐다봤다.

"왜 그래?"

"아냐, 아무것도. 그보다……"

이제 조금 더 움직이면 바닥에 발을 디딜 수 있을 것 같았다.

이제 상황이 거의 마무리된 것이라 생각했다.

그러나 무슨 일을 하든지 마지막까지 긴장의 끈을 늦추지 말아야 한다는 것이 세상의 이치였다.

그 간단한 것을 간과하고 마음을 놓은 얼굴로 내키는 대로 손을 뻗던 모용기가 한순간 당황한 얼굴을 했다.

쑥!

"응?"

무언가 손에 잡히는 것이 있어야 하는데 이전과는 달리 그런 것이 없었다.

순식간에 급류에 휩싸인 모용기가 그대로 쓸려나갔다.

명진이 얼굴을 와락 구겼다.

"젠장!"

그리고는 망설임이 깃들지 않은 몸짓으로 모용기의 뒤로 몸을 날렸다.

"야, 야 인마!"

홀로 남은 철무한이 당황한 얼굴을 했다.

명진과는 다르게 움직임에 망설임이 엿보였다.

그러나 그것도 잠시.

철무한이 얼굴을 와락 구기더니 모용기와 명진의 뒤를 따라 몸을 던졌다.

"나도 같이 가!"

독곡주 정인훈이 하문에 위치한 신무문의 지부에 들어서자 대기하고 있던 총관 오광이 기다렸다는 듯이 고개를 숙였다.

"오셨습니까?"

"그래. 별일 없었고?"

"감사합니다. 염려해 주신 덕분에 무탈할 수 있으니까요. 그보다…… 문주님께 아뢸까요?"

정인훈이 고개를 저었다.

"되었네. 내가 문주를 봐서 뭐 해?"

"그럼?"

"수란이에게 안내해 주게. 물어볼 것이 있어."

"알겠습니다."

오광의 뒤를 따라 한참을 움직이자 구석진 곳에 조금은 허름해 보이는 전각이 모습을 드러냈다.

세월의 흔적이 고스란히 느껴지는 삐걱거리는 계단을 오르자 오광이 작은 방문 앞에서 걸음을 멈추더니 정인훈을 돌아봤다.

"여기입니다."

"자네는 그만 가 보게."

"그럼 전 이만……."

오광이 삐걱거리는 계단을 내려가자 정인훈은 그제야 자그마한 방문을 열었다.

화려함을 자랑하던 신무문주의 집무실과는 달리 온갖 죽간이 너저분하게 흩어져 있는 방 한가운데 책상에서 하수란이 흐트러진 머리를 한 손으로 쓰다듬으며 시선을 들었다.

"오셨습니까?"

어딘가 모르게 궁박해 보이는 모습에 정인훈이 미간을 찌푸렸다.

"사는 꼴 하고는……."

"어쩌겠습니까? 저는 죄인인데요. 명이라도 붙여 둔 것에 감사할 따름이지요."

하수란이 살포시 미소를 보였다.

정인훈이 고개를 절레절레 저었다.

"그러게 왜 그런 짓을 해 가지고는……."

딸아이의 목숨이 걸렸으니 이해 못 할 바는 아니었지만, 그렇다고 해도 하수란의 처사는 과한 감이 있었다. 그녀의 말대로 명줄이라도 부지한 것에 감사해야 할 것이다.

그러나 여전히 못마땅하다는 감정은 정인훈 스스로도 어쩔 수가 없었다.

정인훈이 어디서 의자를 끌고 오더니 책상을 사이에 두고 하수란과 마주 앉았다.

"차라도 드려야 하는데……."

"되었네. 차는 집에 가서 마시면 되는 것이고. 그보다 볼 일이 있어서 내 이렇게 찾아왔네."

"볼일이라면?"

"모른 척하기는. 자네도 알지 않나? 정무맹 말이야. 그간 모른 척 깔아뭉개고 있었는데, 요즘 들어 움직임이 심상치 않다 하더군. 성주님께서 나보고 좀 알아보라 하시네."

정인훈의 말에 하수란이 곤란하다는 얼굴을 했다.

"그런 것이라면 문주님과……."

정인훈이 다시금 얼굴을 찡그렸다.

"거, 사람 참. 그냥 쉽게 쉽게 가세. 내가 문주를 건너뛰고 자네를 찾은 것을 보면 모르겠는가?"

"하지만 격식이라는 것이……."

"그러면 좀 쓸 만한 놈으로 앉혀 놓든가? 무슨 말이 통해야

문주를 만나든 말든 하지. 원하는 답을 들으려면 결국 자네를 또 불러야 하는데…… 뭐 그딴 놈을 문주랍시고 앉혀 놓은 것인가?"

"그건 제가 할 수 있는 일이 아닙니다."

"그래도 그 녀석과 어르신께 말이라도 붙여 볼 수 있었던 것 아닌가? 이러다가 신무문 망한다고. 적당히 해야지."

속이 쓰리기로 치면 하수란 자신이 정인훈보다 몇 배는 더했다. 그러나 그 일은 자신이 어떻게 할 수 있는 일이 아니었다. 그저 쓴웃음을 머금는 것 정도가 자신이 할 수 있는 것의 전부였다.

하수란의 입가에 머문 쓴웃음을 확인한 정인훈이 나직이 혀를 차더니 이내 고개를 저으며 다시 말했다.

"어서 말해 보게. 뭐 좀 새로운 것 없나? 아무래도 저들 움직임이 심상치가 않아."

정인훈의 진지한 얼굴에 하수란 역시 낯빛을 고치며 입을 열기 시작했다.

"안 그래도 조만간 찾아뵈려 했습니다. 곡주님 말대로 저들의 움직임이 심상치가 않더군요."

정인훈이 못마땅하다는 얼굴로 고개를 저었다.

"곡주님은 무슨. 예전처럼 오라비라 부르게."

"예? 제가 어찌……."

"그게 편해서 하는 말이야. 어쨌든 얼른 말이나 해 보게."

정인훈의 말에 하수란의 얼굴에 모처럼 예전과 같은 미소가 어리기 시작했다.

그리고 조금은 딱딱해 보이던 정인훈을 대하는 태도 역시 부드럽게 풀어지려 했다.

하수란이 조금은 편안해 보이는 얼굴로 입을 열려는 찰나.

방문이 벌컥 열리더니 하남사견의 첫째 장용이 불쑥 튀어 들어왔다.

하수란이 자리에서 벌떡 일어섰다.

"문주님, 여긴 어쩐 일로……."

"아니, 소인에게 어찌…… 아, 아니 이게 아니고…… 문주님, 큰일 났습니다."

장용의 말에 하수란이 정인훈을 힐끔 쳐다보며 곤란하다는 얼굴을 했다.

"문주님이라니요. 누가 들으면 큰일 날 말을……."

그러나 장용은 아랑곳하지 않은 얼굴이었다.

"그게 중요한 게 아니고…… 남궁! 남궁이 절강으로 들어섰어요!"

장용의 말에 정인훈이 자리에서 벌떡 일어섰다.

"뭐라?"

❖ ❖ ❖

자신의 집무실로 들어서는 홍소천을 발견한 제갈곡이 다급한 얼굴로 질문을 던졌다.

"어떻게 됐습니까?"

"어떻게 되긴? 애초에 그 고집불통을 나보고 어떻게 꺾으라는 건가?"

남궁진생을 떠올린 홍소천이 투덜거리며 옆에 있던 의자를 끌어왔다.

그 말에 제갈곡이 난감한 얼굴을 하더니 이내 한숨을 푹 내쉬었다.

"방주님도 안 되는 겁니까?"

"그럼 될 줄 알았나? 자네도 안 되는 걸 내가 무슨 수로 할 수 있겠나?"

뭐가 그리 못마땅한지 여전히 뚱한 얼굴로 톡 쏘아붙이며 대꾸하는 홍소천이었다.

반면 실망스럽다는 얼굴을 하던 제갈곡은 한숨을 푹 내쉬고는 고개를 숙였다.

"고생하셨습니다."

"되었네. 그보다 맹주는 어떻게 되었나? 여전히 생각을 바꾸지 않는 건가?"

"맹주님 고집도 만만치 않아서……."

난처하다는 얼굴을 하는 제갈곡을 보며 홍소천이 쯧 하고 혀를 찼다.

　"그게 고집이겠나? 욕심이겠지. 제 손에 가진 것도 만만치 않은데 뭘 또 그렇게 더 가지려고 하는지."

　"사람이란 게 원래 다 그렇지 않겠습니까?"

　"그래도 너무 지나쳐. 청성의 이청강이도 가만히 있는 판국에…… 그놈은 뭐 몰라서 가만있겠는가? 아무리 좋은 기회라도 하면 안 되는 짓이라는 것을 아니까 그런 것이지. 그런데 맹주씩이나 되어서 천지 분간 못 하고 날뛰는 꼴이라니. 이러다 정사대전이 재현되기라도 한다면, 그 책임은 누가 질 것이냔 말일세."

　그렇게까지 비화될 것이라고는 생각하지 않았지만 만에 하나라는 것이 있었다. 그 점이 우려스럽기는 제갈곡 역시 마찬가지였다. 그래서 어떻게든 막아 보려 애를 쓰고 있는 것인데, 문제는 진산이 요지부동이라는 것이었다.

　홍소천이 문득 진지한 얼굴로 제갈곡을 쳐다봤다.

　"맹주를…… 갈아 치울까?"

　일반적인 상황이라면 어림도 없겠지만, 지금이라면 충분히 가능한 일일지도 모른다. 진산의 움직임을 우려의 시선으로 바라보는 것은 자신들과 대척점에 섰던 구파일방과 오대세가의 또 다른 무리들 역시 마찬가지였기 때문이다.

　그러나 제갈곡은 고개를 저어야만 했다.

"뒤처리가 어렵습니다. 패천성에 틈을 보일 수도 있어서……."

제갈곡의 말에 홍소천이 끙 하고 앓는 소리를 냈다.

여전히 진산을 따르는 이들이 많은 상황.

혹여 정무맹이 분열되기라도 한다면, 그것을 가만히 내버려 둘 패천성이 아니었다.

"미치겠군. 아니, 대체 아이들이 절강으로 들어간 것을 맹주가 어떻게 알아서는……."

모든 문제의 근원이었다.

처음에는 내통으로 몰아가다가 관련된 구파일방과 오대세가가 길길이 날뛰자 납치로 방향을 바꾸기는 했지만 결론을 달리하지는 못했다. 결국은 아이들을 찾아야 한다는 결론을 낸 것이다.

"하필 남궁가의 아이가 그 무리에 섞여서는……."

남궁세가가 앞장서서 절강으로 밀고 들어간 이유였다. 명예라는 것에 유별나게 집착하는 남궁세가의 성향상, 내통이든 납치든 그게 무엇이 되었건 남궁서천의 해명이 필요했기 때문이다.

골치 아픈 일에 미간을 좁히는 홍소천의 눈치를 살피며 제갈곡이 슬며시 입을 열었다.

"안 그래도 그 문제를 조금 알아봤습니다."

"응? 뭘 말인가?"

"아이들이 절강으로 들어간 것을 맹주님이 알게 된 것 말입니다."

"응? 그걸 왜?"

의아하다는 얼굴을 하던 홍소천은 이내 제갈곡의 의도를 알아채며 다시 말했다.

"아무래도 이상하긴 하지?"

"그렇습니다. 개방도 그렇고 비연각도 그렇고, 맹의 눈과 귀는 우리가 장악하고 있어서 그런 일들을 알아내려면 보통 노력이 들어가는 것이 아닐 터인데…… 아무래도 이상해서요."

"그래서? 어떻게 된 일인가? 혹 맹주가 또 다른 조직이라도 만들어 뒀던가?"

제갈곡이 고개를 저었다.

"그건 아닙니다."

"그럼?"

"아무래도 서문 장로를 통한 것 같습니다."

"서문이라면…… 종남?"

"그렇습니다."

의외의 인물의 등장에 홍소천이 눈을 동그랗게 떴다.

"종남이 왜? 아니 그 전에, 종남이 그런 것들을 어떻게 알고?"

"종남이 아닙니다. 아무래도 서문 장로가 개인적으로 꾸민 일 같습니다."

"그놈이 혼자? 그건 더 말이 안 되는데?"

"말이 됩니다. 이를테면, 우리가 모르는 누군가가 은밀하게 서문 장로를 후원해 주고 있다거나 말이지요."

"그, 그건……."

홍소천이 당황한 눈을 하다가 이내 고개를 젓고 말았다.

"그건 너무 비약이 아닌가? 서문경 그놈이 뭐 그리 볼 것이 있는 놈이라고?"

가문도 별 볼 일 없었고 구파일방의 한 축이라고는 하나 종남이 크게 목소리를 낼 수 있을 정도로 성세가 대단한 것도 아니었으니, 그를 둘러싼 배경이 대단하다고 말하기가 어려웠다.

그렇다고 서문경 본인 역시 문으로써나 무로써 특출한 모습을 보여 주지 못했기에 사람들의 눈길을 끄는 것도 아니었다.

"그건 저도 잘 모르겠습니다. 다만 한 가지 확실한 건, 이 일이 터지기 전에 맹주가 만난 이들 중 측근이 아닌 이는 서문 장로가 유일하다는 것입니다."

"확실한가?"

"그렇습니다."

"혹시 다른 측근들이 알렸을 가능성은?"

"그 점도 염두에 두고 있지만, 가능성이 그리 높지는 않습니다. 맹주님이 움직인 것은 서문 장로를 만난 직후이니까요."

홍소천이 심각한 얼굴을 했다. 아무래도 자신들이 모르는 또 다른 무언가가 있는 것 같았기 때문이다.

홍소천이 저도 모르게 손가락으로 탁자를 톡톡 두드렸다.

그리고는 잠시 생각을 정리하는 듯싶던 그가 이내 입을 열려는 찰나.

군사전에 속해 있던 제갈곡의 수하 하나가 집무실의 문을 벌컥 열고 안으로 들어섰다.

"군사님! 큰일 났습니다!"

다급한 보이는 수하의 얼굴에도 제갈곡이 홍소천의 표정을 살피며 미간을 찌푸렸다.

"지금 개방주님과 얘기를 나누는 게 보이지 않는 겐가?"

심기가 불편해 보이는 듯한 제갈곡의 어투에 잠시 움찔하던 수하는 이내 아랑곳하지 않고 제 말을 쏟아 내기 시작했다. 그만큼 사안이 급했기 때문이다.

"그, 그게…… 맹주님께서 움직인다고 하십니다! 직접 절강으로 가시겠다고!"

"뭐, 뭐?"

제갈곡이 당황한 얼굴을 했다. 그리고 그것은 홍소천 역시 마찬가지였는지 자리에서 벌떡 일어섰다.

"뭐라? 지금 그 말이 사실이렷다?"

"그, 그렇습니다. 그래서 지금 맹주전이 떠들썩……."

홍소천이 더 들을 것도 없다는 듯 집무실을 박차고 나섰다.

"이, 이런 미친!"

참룡
회귀록

斬龍
回歸
錄

참룡
회귀록

斬龍
回歸
鑝

49 章.

"제길! 저 자식 때문에 이게 무슨 꼴이야?"

쉽게 분이 풀리지 않는지 잔뜩 성이 난 목소리로 신경질을 부리는 모용기였다.

무슨 문제라도 생겼는지 봉마곡은 더 이상 그들을 받아들이지 않았기 때문이다.

아직 봉마곡에서의 일을 마치지 못했는데 남궁서천 때문에 모든 것이 어그러졌으니 그러는 것도 당연했다.

여전히 발가벗은 채 터덜터덜 뒤를 따르고 있는 남궁서천을 힐끔 돌아보고는 철무한이 그런 그의 눈치를 살피며 말했다.

"저기……."

"왜?"

씩씩거리는 숨소리에 목소리는 뾰족했다. 심기가 불편하다는 것을 여지없이 보여 주고 있었다.

철무한이 괜히 으스스한 느낌에 움찔하며 목을 움츠렸다.

그러나 더 이상 두고 볼 수만은 없었다.

철무한이 억지로 다시 한 번 목소리를 냈다.

"쟤 저대로 끌고 다닐 거야?"

"그게 왜? 무슨 문제라도 있어?"

"아니, 그게…… 이제 곧 사람 사는 마을도 나올 텐데, 저대로 두면 이목이란 이목은 다 끌지도 모른다고……."

"젠장!"

모용기가 욕설을 내뱉으며 남궁서천을 노려봤다.

얼굴은 물론이고 온몸이 멍 자국으로 울긋불긋하던 남궁서천은 모용기의 눈길을 받기 무섭게 흠칫 몸을 떨었다.

"왜…… 왜?"

딱 한 달이면 충분했다.

이제껏 세상을 내려다보는 듯 오만했던 태도는 사라졌고, 모용기의 눈길만 받으면 어딘가 모르게 주눅이 든 모습이었다.

철무한이 안쓰럽다는 얼굴로 남궁서천을 쳐다봤다.

'이건 뭐 이유라도 그럴 듯하면 억울하지도 않지. 쳐다본

다고 패고, 기분 나쁘다고 패고. 또 멍 들면 멍 들었다고 패고.'

존재 자체가 주먹을 부른다고 느껴질 정도로 정말 미친 듯이 팼던 게다.

처음에는 남궁서천도 죽자 사자 덤벼 보다가 안 되면 도망도 치고, 그도 안 되면 스스로 목숨이라도 끊으려는 듯이 바위에 머리를 들이박는 등 별짓을 다했다.

하나 사나흘 전부터는 그러한 것도 없었다. 시도 자체가 먹히지 않았고, 돌아오는 것은 주먹질뿐이니 기가 꺾인 탓이었다.

모용기가 작정을 하고 뻗어 낸 주먹질을 맨몸으로 받아 내다 보면 제아무리 남궁서천이라도 기가 죽는 것은 당연한 일이다.

"제길…… 이럴 줄 알았으면 진작 패는 건데……."

후회 어린 탄식을 토해 내는 모용기였다.

황월영의 눈초리가 꺼림칙해서 그냥 내버려 두고 보고만 있었던 것인데, 그래서는 안 됐다는 것을 뒤늦게 깨달은 게다.

좀 더 일찍 조취를 취했어야 했다.

그게 아쉽기도 하고 짜증이 몰려오기도 해서 저도 모르게 이를 빠득빠득 갈았다.

남궁서천이 움찔 몸을 떨며 한 걸음 물러섰다.

"나, 난 아무 짓도……."

철무한이 저도 모르게 고개를 절레절레 젓는데, 모용기가 그를 쳐다보며 말했다.

"그렇게 걱정되면 네 옷이라도 벗어 주든가."

"아, 아니 내 옷을 왜 벗어 줘? 쟤는 정무맹 소속인데."

"그럼 그냥 입 다물고 따라오기나 해. 가뜩이나 짜증 나는 판에……."

그리고는 더 말을 하지 않고 휘적휘적 걸음을 옮겼다.

철무한이 얼굴을 찌푸렸다.

"에이 씨! 진짜 성질머리하고는……."

그리고는 철무한의 눈길이 명진을 찾았다.

그러나 명진은 그의 눈길에 반응조차 보이지 않고 모용기의 뒤를 따랐다.

철무한이 한숨을 푹 내쉬었다.

"하여간 이놈이나 저놈이나……."

그리고는 고개를 절레절레 젓더니 제 장포를 벗어 남궁서천에게 건넸다.

"입어."

그러나 철무한을 쳐다보는 남궁서천의 눈길에는 여전히 경계하는 듯한, 그리고 경멸하는 듯한 감정이 가득했다.

오로지 모용기의 말에만 고분고분해진 것이다.

철무한이 쩝 하고 입맛을 다시더니 모용기를 불렀다.

"야, 얘 안 입는데?"

모용기가 와락 얼굴을 구기더니 남궁서천을 쳐다봤다.

"가지가지 한다. 죽을래?"

모용기가 주먹을 들어 올리자 남궁서천이 화들짝 놀라더니 철무한이 건네는 장포를 잽싸게 받아 들었다.

주섬주섬 장포를 입는 남궁서천.

이제껏 덜렁거리며 미간을 찌푸리게 만들던 그의 소중한 부위가 비로소 자취를 감췄다.

그 모습을 보며 고개를 끄덕인 철무한은 그제야 걸음을 옮겼다.

재빨리 모용기를 따라잡은 철무한이 다시 입을 열었다.

"근데, 어디로 갈 거야?"

"글쎄……."

모용기 자신 혼자라면 길은 정해져 있었다.

그러나 예상치 못한 짐 덩어리가 셋이나 따라붙은 상황.

사실 남궁서천이야 어떻게 되든 알 바 아니었지만, 철무한과 명진은 챙겨야 했다.

그중에서도 철무한이 더 문제였다. 이제는 제법 궤도에 오른 명진은 어디에 던져 놓든 걱정할 바가 아니었지만, 철무한은 여전히 부족하다 여겼기 때문이다.

'원래대로라면 반년은 더 봉마곡에 있어야 했는데……'

제아무리 성장이 빠른 철무한이라도 그 정도는 되어야 기본은 갖출 거라 예상한 것이다.

그러나 이제는 의미 없는 일.

짧게 고개를 저어 미련을 날려 버린 모용기가 철무한을 쳐다봤다.

"일단 소주로 가서 생각해 보자."

모용기의 말에 철무한이 그제야 안도의 한숨을 내쉴 수 있었다.

소주에 가면 어쨌건 사람 꼴은 하고 다닐 수 있겠다는 생각이 든 것이다.

어디를 가든 돈은 꼭 필요하다는 만고불변의 법칙을 지난 한 달간 온몸으로 깨달은 탓이다.

"왜? 소주에 가면 도움받을 곳은 있고?"

"물론이지. 네가 자꾸 깜빡하나 본데, 내가 패천성 소성주라고. 만금장도 있고 하오문도 있고. 손만 뻗으면 돈을 싸 들고 올걸?"

철무한이 가슴을 탕탕 치며 당당하게 대꾸했다.

그러나 철무한의 호언장담과는 달리 소주 만금장의 지부에서 그들을 맞이한 것은 문전박대였다.

"어디서 거지새끼들이 만금장에 기어들어 오려고 해? 당장 꺼지지 못해!"

"아니 그러니까 내가 패천성 소성주……."

"이 새끼가 진짜! 죽고 싶어? 어디서 소성주님을 들먹여? 뭐 하나? 당장 내쫓지 않고!"

"아니 그러니까…… 으헉!"

사방에서 몽둥이가 날아들었다. 그리 위협적인 공격은 아니었지만 문제를 만들 생각은 없었던 철무한이 저도 모르게 뒷걸음질 쳤다.

턱!

"어? 어?"

철무한이 당황한 얼굴로 고개를 돌렸다.

모용기가 와락 얼굴을 구긴 채 말했다.

"평생 도움이 안 되는 자식!"

진지한 얼굴로 훑어보던 그간의 결산 자료를 탁 하고 탁자에 내려놓는 만금장주 임한상.

그리고는 눈을 들어 자신의 앞에 자리한 이를 쳐다봤다.

만금장의 임가라는 것을 증명하기라도 하듯 비대한 몸집에 땀을 삐질삐질 흘리고 있는 사내.

소주지부의 장을 맡고 있는 임중상이었다.

"일을 꽤 잘하고 있구나. 너에게 소주를 맡긴 것은 탁월한 선택이었던 것 같다."

"과찬이십니다, 형님. 꼭 제가 아니라 다른 녀석들이 맡았더라도 곧잘 해냈을 겁니다."

"그렇지 않다. 월상이를 보거라. 소주 같은 대도시도 아니고 고작 현 하나를 관리하게 했을 뿐인데, 일 년 만에 말아먹지 않았더냐? 너는 충분히 잘하고 있다."

중원에 수많은 지부를 두고 있는 만금장에서 특히 중요하게 여기는 곳이 바로 태호의 동쪽에 위치한 소주였다.

역사적으로도 명성이 자자한 명승고적이 자리해 발걸음하는 사람들이 많았을뿐더러, 교통도 발달해 중원의 각종 산물이 몰리는 곳이었기 때문이다.

하여 돈이 몰리는 곳을 아무에게나 맡겨 둘 수가 없었던 임한상은 그나마 피를 나눈 형제인 동생 임중상에게 소주지부를 맡겨 그곳의 일을 총괄하게 했다.

물론 형제라는 것이 소주를 총괄하게 한 이유의 전부는 아니었다.

제법 셈도 빠르고 사람과의 관계도 능숙해서 형제들 중에서도 일처리가 깔끔하다는 것이 주요한 이유였다.

제 형의 칭찬에 조금은 딱딱하게 굳어져 있던 임중상의 얼굴이 부드럽게 풀리기 시작했다.

"감사합니다, 형님. 그런데 어쩐 일로…… 아, 아니 그보다…… 이럴 게 아니라 일단 상이라도 차리겠습니다. 먼 길 오시느라 피곤하셨을 텐데 일단 좀 먹고 쉬시는 게……."

임중상의 말에 임한상이 픽 웃음을 흘렸다. 쉬고 먹는 게 아니라 먹고 쉰다고 표현하는 것을 보면 확실히 제 동생이 다 싶었던 게다.

그러나 이미 살이 빠져 식탐이 사라진 그로서는 고개를 내저을 뿐이었다.

"먹는 건 되었고, 일 얘기나 해 보자꾸나. 내가 왜 소주로 온 것인지는 너 역시 알고 있겠지?"

"정무맹…… 때문입니까?"

"그래. 아무래도 신경이 쓰여서 말이지. 혹 절강이 잘못 돼서 일이 커진다면, 놈들이 가장 먼저 노릴 곳은 우리 만 금장일 터. 그중에서도 이곳 소주는 놈들이 가장 군침을 흘 릴 만한 곳이니까 말이다."

그것이 복건에 위치해 있던 그가 만금장을 지키는 고수 들을 다수 동원해서 소주로 온 이유였다.

임한상의 우려를 이해 못 할 바는 아니지만, 임중상은 어 딘가 회의적인 표정을 지었다.

"설마 그렇게 극단적으로 치닫기야 하겠습니까?"

그의 생각도 틀린 것은 아니었다.

정사대전을 치른 지 일 갑자도 채 지나지 않은 상황.

다음 세대라면 모를까, 지금의 정무맹이 그런 선택을 취 할 것이라 예상하는 것은 쉽지 않았던 탓이다.

그들 역시 대전이 남긴 상처가 완전히 아물지 않았으니까 말이다.

그러나 임한상은 고개를 저었다.

"만에 하나라는 것이 있지 않느냐? 미리 대비해서 나쁠 것은 없으니. 그보다……"

임한상이 말을 하다말고 시선을 돌리자 임중상이 의아하다는 얼굴을 했다.

"왜 그러십……"

"들어오너라."

임한상의 말이 끝나기가 무섭게 방문이 스르륵 열리더니, 비대한 체구에 반해 아직은 앳돼 보이는 얼굴을 한 소년이 안으로 들어섰다.

얼굴과 체격은 임중상의 그것과 쏙 빼닮았지만, 겉으로 풍기는 분위기는 전혀 달랐다.

제 형 앞에서 어딘가 주눅이 든 것 같은 임중상과는 다르게 자신감 넘치는 미소를 입에 달고 있는, 당당해 보이는 걸 넘어서 당돌해 보이기까지 한 인상의 소년이 길게 읍을 했다.

"백부님을 뵙습니다."

임중상의 아들인 임진일이었다.

비대한 체구와는 달리 낭랑하게 울려 퍼지는 그의 목소리에 임한상이 저도 모르게 미소를 지었다.

"그래, 오랜만이구나. 그간 잘 지냈느냐?"

"염려해 주신 덕분에 잘 지냈습니다. 그보다……."

슬그머니 시선을 들던 임진일이 일전에는 자신과 다를 바 없던 임한상이 홀쭉하게 살이 빠진 것을 확인하기 무섭게 다시 한 번 고개를 숙였다.

"신공의 대성을 축하드립니다."

"그리 대단한 것이 아니다. 그만 고개를 들거라."

임한상이 겸손을 보였지만 그게 아니라는 것을 잘 아는 임진일이다. 임한상을 쳐다보는 눈초리가 잔뜩 기대감을 품은 채 똘망똘망했다.

그 눈빛에 담긴 의미를 알아챈 임한상이 픽 웃으며 임중상을 쳐다봤다.

"아무래도 진일이 때문에 빨리 일어서야겠구나."

임한상의 말에 임중상이 반색을 했다.

"형님께서 직접 봐 주신다면 그저 감사할 따름이죠. 뭐 하느냐? 얼른 감사드리지 않고."

"가, 감사합니다! 백부님!"

임진일의 목소리가 높아졌다.

그 흥분과 기대감을 고스란히 느낀 임한상이 미소를 머금으며 자리에서 일어서려던 찰나.

"응?"

또다시 시선을 돌리는 임한상을 보며 임중상이 미간을 모았다.

"형님, 또 왜⋯⋯."

그 순간 집무실의 문이 벌컥 열리더니 수하 하나가 다급한 얼굴로 안으로 들어섰다.

"지, 지부장님!"

임중상이 와락 얼굴을 구기며 싸늘한 목소리로 수하를 맞이했다.

"뭐냐? 지금 장주님을 모시는 자리라는 것을 모르는 것이냐? 네놈이 죽고 싶은 것이냐!"

"아, 아니 그게 아니라⋯⋯."

"이놈이 그래도! 무엇 하고 있는 것이냐! 당장 무릎 꿇고 사죄드리지 않고!"

안절부절못하는 수하를 향해 임중상이 눈을 부라렸다.

임한상이 손을 든 것은 그때였다.

"되었다. 꼴을 보아하니 사정이 급한 듯한데, 일단 말부터 들어 보자꾸나."

"하지만, 형님⋯⋯."

"괜찮다."

다시 한 번 고개를 저은 임한상이 수하를 향해 시선을 돌렸다.

"말해 보거라. 무슨 일인데 그리 급한 것이냐?"

"그, 그게⋯⋯ 어떤 놈들이 행패를 부려서⋯⋯."

임중상이 얼굴을 구겼다.

"고작 그런 일도 스스로 해결하지 못해서 장주님이 계신 자리에서 소란을 일으킨단 말이냐? 네놈이 정말 죽고 싶은 것이냐!"

임한상이 또 다시 손을 들었다.

"어허. 그게 되었다면 지부장인 자네를 찾을 일도 없었겠지. 어떤 놈이냐? 어떤 놈이길래 만금장의 지부에서 소란을 피운단 말이냐?"

"그, 그게…… 젊은 놈 셋인데…… 그중 하나가 자신을 소성주라고……."

이번에는 임한상이 얼굴을 찌푸렸다.

"겁대가리 없이! 감히 소성주를 팔아? 안내하거라! 내 그놈 얼굴을 직접 봐야겠다!"

"아, 아니 형님. 체면이 있는데 굳이 형님께서……."

상황이 완전히 반전되었다. 다른 점이 있다면 쉽게 임중상의 고집을 꺾은 임한상과는 달리 임중상은 그러지 못한다는 것이었다.

임한상이 자리에서 벌떡 일어섰다.

"무엇 하느냐? 어서 안내하지 않고!"

"예? 예!"

임중상의 눈치를 보던 수하가 임한상의 호통에 냉큼 방문을 열었다.

그리고는 앞장서서 길을 열었다.

소주의 만금장 지부 규모가 제법 크기는 했지만 본가만큼은 아니었다.

눈 깜빡할 만큼이라 해도 좋을 정도의 짧은 시간에 금세 정문에 다다른 임한상이 주변을 둘러보기 무섭게 얼굴을 찌푸렸다.

무사들이 여기저기 널브러진 채 앓는 소리를 내고 있었던 탓이다.

그리고 그 한가운데서 쓰러져 있는 무사 하나를 의자 삼아 아무렇게나 걸터앉아 있는 청년.

그와 시선을 맞춘 임한상이 눈을 동그랗게 떴다.

"어? 넌……!"

그리고 눈을 동그랗게 뜬 것은 청년 역시 마찬가지였다.

"어라? 아저씨가 왜 여기 있어요?"

"그건 내가 물을 말이다. 네가 왜 여기……."

의아하다는 얼굴로 청년을 힐끔거리던 임중상이 임한상에게 물음을 던졌다.

"아는 사이입니까?"

그러나 대답 대신 고개를 돌려 다른 이를 찾기에 바쁜 임한상.

"그럼 소성주라고 했다는 녀석은……."

그제야 임한상의 시야에 들어온 한 청년.

한발 떨어져서 물끄러미 쳐다보고 있던 그가 임한상의

시선을 받고는 어색하게 손을 들었다.

"어? 숙부님 오랜만……."

철무한이 차로 목을 축이는 것을 확인한 임한상이 그제
야 입을 열었다.

"어떻게 된 일이냐? 네가 어찌 여기에 있는 것이냐?"

"어? 그게 어쩌다 보니까……."

철무한이 어색하게 웃으며 얼버무리려 하자 임한상의 얼
굴에 빠직하며 금이 갔다.

"어쩌다? 어쩌다? 이 녀석아! 지금 그게 할 말이냐? 지금
시국이 어떤 시국인데!"

벌컥 화부터 내는 임한상이었다. 임한상의 낯선 모습에
철무한이 당황한 기색을 보였다.

"아, 아니 그게……."

철무한이 우물쭈물하는 사이 핵심을 짚은 것은 모용기였
다.

모용기가 찻잔을 탁 하고 내리며 임한상을 쳐다봤다.

"어떤 시국인데요?"

모용기의 말에 임한상이 화를 내던 것도 잊은 것인지 헙
하고 입을 다물었다.

그리고는 찬찬히 철무한 등을 살폈다.

정말 아무것도 모른다는 얼굴들이었다.

임한상이 미간을 좁혔다.

"정말 아무것도 모르느냐?"

"우리가 나온 지 얼마 안 돼서요."

모용기의 말에 그제야 대충 상황을 그려 낸 임한상이 푹 하고 한숨을 쉬었다.

그리고는 내심 궁금했던 것을 슬며시 찔러봤다.

"어르신이 계신 곳이 이 근방이었더냐?"

모용기가 냉큼 고개를 저었다.

"그건 나도 몰라요. 그보다 어떤 시국인데요? 그것부터 말해 줘요. 보니까 엄청 급해 보이던데."

호락호락 넘어오지 않는 모용기를 보며 임한상이 미간을 좁혔다. 그러나 제 의문보다는 다른 일이 먼저였다.

임한상이 임중상을 쳐다봤다.

"너는 진일이를 데리고 그만 나가 보거라."

그 순간 모용기의 눈매가 날카롭게 좁혀졌다.

'진일이? 임진일?'

임중상의 옆에서 멀뚱멀뚱 쳐다보고 있는 소년.

아직은 나이가 어려서 그런지 조금은 다른 듯했지만, 찬찬히 살펴보니 기억 속의 그 얼굴이 언뜻 떠오르는 듯했다.

"알겠습니다. 그럼 얘기들 나누십시오."

임중상이 임진일을 데리고 자리에서 일어섰다.

두 사람이 완전히 모습을 감출 때까지 모용기의 시선은

그들에게서 떨어질 줄을 몰랐다.

철무한이 모용기를 툭 쳤다.

"왜 그래?"

"어? 그게……."

이상함을 눈치 챈 것은 임한상 역시 마찬가지였다.

"왜 그러느냐? 무슨 문제라도 있는 것이냐?"

"어? 그러니까 그게……."

모용기가 미간을 좁혔다.

'이거 말해도 되나?'

쉽게 답이 나오지 않는 질문이었다. 잘라 내려 한다고 쉽게 잘려 나가지 않는다는 것을 잘 알기 때문이다. 결국 타초경사일 따름이다.

'그렇다고 내버려 둘 수도 없는 노릇이고…….'

만금장주와 제법 친분을 보이는 철무한 때문이 아니다. 만금장이 또다시 저들의 손에 넘어가는 게 더 골치가 아프기 때문이었다.

'어쩐다…….'

잠깐 고민을 하던 모용기는 결국 적당히 타협을 했다.

'경고만 하자.'

머리가 나쁘지 않은 사람이니 그 정도면 충분할 듯싶었다. 제 의도가 완전히 먹히지는 않을 거란 생각도 들었지만, 그 정도면 충분했다.

모용기가 임한상을 쳐다봤다.

"만금장에게 있어 소주는 중요한 곳이죠?"

뜬금없이 다른 말을 꺼내는 모용기를 보며 임한상이 의아하다는 얼굴을 했다.

"무슨 말이냐?"

"제가 먼저 물었잖아요. 소주는 중요한 곳이냐고요."

임한상이 얼굴을 찌푸렸다. 그러나 곧 고개를 끄덕였다.

"그렇지. 중요한 곳이지."

"그럼 믿을 만한 사람한테 맡겨야겠네요?"

"그렇지. 그래서 내 동생에게 맡긴 곳이고."

"아무리 믿을 만한 사람에게 맡겼더라도, 당연히 감시를 붙였겠죠?"

그제야 모용기의 의도를 이해한 임한상이었다.

철무한 역시 마찬가지였는지 당황한 얼굴로 모용기를 쳐다봤다.

"야, 인마! 너 지금 무슨 말을……!"

그러나 철무한의 말을 끊고 임한상이 정색을 하며 모용기를 쳐다봤다.

"지금 무슨 말을 하는 것이냐? 네가 한 말이 무슨 의미인지는 알고 있느냐?"

불쾌하다는 얼굴이었다.

미간에 주름을 잔뜩 잡은 것이 기분이 제법 상한 듯 보였다.

그러나 모용기는 어깨를 들썩일 뿐이었다.

"뭘 그렇게 정색까지…… 그냥 그렇다고요."

임중상이 임진일을 돌아봤다.

"너는 그만 네 거처로 돌아가거라."

"하, 하지만 백부님께……."

"어허. 네 백부님이 지금 바쁘시다는 것을 몰라서 하는 말이냐? 그런 것은 다음에 시간이 날 때 부탁하도록 하고, 일단은 돌아가거라."

임진일이 불만이 가득한 얼굴로 입술을 삐죽거렸다.

벌써 열일곱이나 되었지만 곱게만 키운 탓인지 여전히 어린 모습을 불쑥불쑥 드러냈다. 언제고 한번은 다잡아야겠다고 생각했지만, 일이 바빠 차일피일 미루다 보니 지금까지 오게 된 것이다. 그리고 일이 바쁜 것은 지금도 마찬가지였다.

임중상이 고개를 절레절레 내저으며 말을 이었다.

"난 이만 일을 해야겠다. 그러니 너도 어서 돌아가거라."

그 말을 끝으로 그는 일언반구도 없이 몸을 돌리더니, 이내 걸음을 옮겨 모습을 감췄다.

임중상이 자리를 떠나며 임진일만 홀로 남은 상황.

그 순간, 여태껏 입술을 삐죽이며 불만스러운 얼굴을 하던 임진일의 표정이 급격하게 변화했다.

불만스러운 얼굴은 온데간데없이 사라진 채 반짝이는 눈으로 임한상과 모용기 등이 자리하고 있는 전각을 쳐다보는 그.

"철무한이라고? 그럼 아까 그놈이 모용기라는 놈이라는 건데……."

임진일이 히죽 웃음을 보였다.

"이거 칭찬받을 일이 생겼네."

처음에는 굳이 막아야겠다는 생각이 들지 않았다.

상대는 정무맹주 진산.

그의 노림수가 환하게 보였기 때문이었다.

'밥그릇 싸움 좀 해 보겠다 이건 것 같은데…… 적당히 양보받고 돌아가겠지.'

그저 위협용이라 생각했다.

지극히 계산적인 진산의 성정상 패천성과의 정면대결을 떠올리는 것은 쉽지 않았기 때문이다.

그러나 뒤늦게 그의 생각을 돌린 것은 다른 부분이었다.

'연아네 숙부나 홍 방주가 바보도 아니고, 분명 꼬리를

잡으려 들 텐데⋯⋯.'

그것은 좋지 못한 선택이다.

괜히 저들을 건드려서 정면대결로 치닫기라도 한다면, 최악의 결과가 벌어질 수도 있었기 때문이다.

정사를 막론하고 강호의 모든 문파들이 똘똘 뭉친다 해도 절대로 이기지 못한다.

상대는 어디까지나 황제였으니까 말이다.

승률이 일할은커녕 반 푼, 아니 그 반에 반 푼도 되지 않을 터.

아직 준비가 되지 않은 상황에서 숲을 때려 뱀을 놀라게 만들 이유가 없었다.

'어? 그러고 보니까 하오문도 단속을 해야겠는데⋯⋯.'

장용의 밑에서 실무를 보게 한 하수란이 마음에 걸렸다.

멍청한 여자가 아니라서 자신을 그 꼴로 만든 놈들에게 이를 갈고 있음은 분명할 터.

어떻게든 꼬리를 잡으려 눈에 불을 켜고 있을 게 틀림없었다.

제갈연 때문에 급하게 봉마곡으로 향하느라 미처 손을 쓰지 못한 부분인데 이 부분도 매듭을 지어 놔야 했다.

"무슨 생각을 그렇게 해?"

모닥불 앞에서 얼굴을 굳히고 있는 모용기의 어깨를 툭 치며 그 옆에 자리를 잡는 철무한.

그를 바라보는 모용기의 눈빛에 의아함이 어렸다.

겉으로 보기에는 정과 사가 충돌할지도 모르는 위험천만한 상황.

그럼에도 철무한은 태평한 얼굴을 하고 있었으니, 모용기가 고개를 갸웃거리는 것도 무리는 아니었다.

"넌 걱정도 안 되냐?"

"응? 뭐가?"

"뭐긴 뭐야? 너희 아버지랑 정무맹주가 한판 붙을지도 모르는데, 넌 걱정도 안 나고."

모용기의 말에 철무한이 픽 웃음을 보였다.

"이거 알면서 왜 이래? 우리 아버지나 정무맹주가 미쳤냐? 지금 쌈박질이나 하게. 그런 건 한쪽이 완전히 무너졌을 때나 하는 거라고. 적어도 지금은 아니지."

"오!"

모용기가 새삼스럽다는 눈으로 철무한을 쳐다봤다.

곰 같은 덩치를 자랑하는 철무한이라 가끔씩 그가 패천성의 소성주라는 것을 깜빡깜빡했다.

상황을 살피는 판단력은 모용기보다 철무한이 한수 위였다.

"말 돌리지 말고. 무슨 생각을 그렇게 해? 이번에도 비밀이냐?"

모용기가 철무한을 쳐다봤다.

그리고 곧 시선을 돌려 자신을 호기심이 가득한 눈으로 쳐다보는 명진과도 시선을 맞췄다.

하고 싶은 말이 많았다.

다른 이들은 몰라도 적어도 이들에게는 언젠가 알려야 할 일들이었다.

그러나 모닥불 한편에 앉아 자신을 멀뚱멀뚱 쳐다보는 남궁서천을 확인하고는 얼굴을 찌푸렸다.

"됐다. 나중에 얘기해 줄게."

철무한이 남궁서천을 힐끔 쳐다봤다.

"왜? 쟤 때문에 그래? 그럼 쟤 좀 치우고……."

그 말에 남궁서천이 날을 세우며 철무한을 노려봤다.

"누굴 치워? 죽고 싶은 거냐?"

"이건 왜 나한테만 신경질이야? 기아 앞에서는 꼼짝도 못 하는 게."

어지간해선 화를 내지 않던 철무한도 비로소 눈썹을 꿈틀거렸다.

둥글둥글한 성격이라고는 해도 시도 때도 없이 날을 세우는 남궁서천의 태도에 인내심이 바닥을 드러낸 것이다.

"내가 만만하게 보여? 억지로라도 실실 웃어 주니까 만만하게 보이지? 근데 너 그거 알아? 패천성 애들이 내 앞에서 그딴 태도를 보였으면 죽어도 벌써 죽었어."

철무한이 낮게 목소리를 깔며 구룡도를 움켜잡더니 자리에서 일어섰다.

남궁서천이 모용기를 힐끔 쳐다봤다.

그러나 모용기는 모닥불을 뒤적거리며 관심도 없다는 태도였다.

그제야 남궁서천이 제 검을 끌어당기며 자리에서 일어섰다.

"난 패천성 소속도 아니고, 네놈에게 예의를 지킬 필요도 없지. 뭣보다 네놈이 날 죽이네 마네 할 정도로 호락호락하지도 않다. 누가 죽는지는 두고 보면 알 일."

서로가 서로를 죽일 듯이 노려봤다.

아직 살기라고 부르기엔 어설펐지만 서로를 겨눈 눈동자에 파지직하며 기파가 충돌하는 듯한 착시마저 들 정도로 예기를 뿜어냈다.

자박!

그 순간 들려온 작은 발자국 소리.

그러나 그 작은 발자국 소리에 서로를 향하던 날카롭던 예기는 흔적도 없이 사그라들고 말았다.

이제껏 멀뚱멀뚱 지켜보기만 하던 명진이 둘 사이를 막아섰기 때문이다.

"그만."

철무한이 불만 가득한 눈으로 먼저 입을 열었다.

"왜?"

목소리를 내지 않았을 뿐 남궁서천 역시 못마땅하다는 눈초리였다.

그러나 명진은 둘의 시선에 반응하지 않고 여전히 홀로 바닥에 주저앉아 있는 모용기를 쳐다봤다.

"이거 아무래도 이상하다."

명진의 목소리가 딱딱하게 굳어 있었다.

일그러져 있던 철무한의 얼굴이 한순간 의문을 품으며 스르륵 풀렸다.

"뭐가?"

그것은 남궁서천 역시 마찬가지였다.

그러나 명진의 눈동자는 여전히 모용기를 향해 있었다.

모용기가 그제야 시선을 들었다.

"이제 눈치 챘어?"

모용기의 확신을 주는 듯한 대꾸에 명진의 얼굴이 완전히 굳어졌다.

철무한이 큰 눈동자를 데굴데굴 굴리며 명진과 모용기를 번갈아 쳐다봤다.

"그러니까 뭐가?"

그때 모용기가 크게 기지개를 켜며 자리에서 일어섰다.

"웃차!"

그리고는 철무한을 향해 픽 웃어 보이며 입을 열었다.

"참 조용하다. 그렇지?"

"그거야 밤이니까…… 어라?"

그제야 철무한이 흠칫하더니 딱딱한 얼굴을 했다.

"부엉이 소리가…… 그러고 보니 풀벌레 소리도……."

부엉이 소리가 없었다. 멀리까지 길게 이어지던 풀벌레 소리도 가까운 곳으로 한정되어 있었다.

가장 먼저 반응한 것은 남궁서천이었다.

남궁서천이 번쩍 검을 뽑아 들었다.

"젠장! 어떤 놈들이!"

남궁서천이 날카롭게 날을 세웠다. 저도 모르게 목소리가 높아졌다.

철무한 역시 구룡도를 뽑아 들며 얼굴을 찌푸렸다.

"이 자식, 목소리 안 낮춰? 여기 있다는 걸 대놓고 퍼트리기라도 할 셈이야?"

남궁서천이 움찔 몸을 떨더니 억지로 기세를 죽였다.

그때 남궁서천을 향해 얼굴을 구기고 있던 철무한의 어깨를 모용기가 툭 쳤다.

"에이, 뭘 그래? 어차피 불 피워 놓고 우리 여기 있다고 동네방네 다 자랑했는데."

"어?"

철무한이 당황한 얼굴을 하더니 냉큼 모닥불을 향해 발을 들었다.

"됐어. 벌써 다 알았는데, 그런다고 감춰지겠어?"

"그걸 지금 말이라고. 일단 불 끄고 지금이라도 어둠 속으로 숨어야……."

"됐다니까 그러네. 그 정도로 해결될 거였으면 명진이 저 자식이 저렇게 긴장하지도 않았겠지."

그 말에 철무한의 시선이 명진에게로 향했다.

얼핏 보기에는 딱딱하게 굳어 있는 듯했으나, 반짝이는 두 눈동자는 어딘가 기대감을 품고 있는 듯했다. 그 점을 용케 알아챈 철무한이 황당하다는 얼굴로 모용기를 쳐다봤다.

"저게 어딜 봐서 긴장한 얼굴이야? 모로 보나 잔뜩 기대하고 있는 얼굴인데. 아니, 그게 아니고…… 저 자식은 변태니까 그렇다 쳐도, 넌 왜 이렇게 태평해? 넌 긴장도 안 돼?"

긴장감이 가득한 철무한과는 다르게 모용기가 태연한 얼굴로 대꾸했다.

"어, 안 돼. 왜냐하면 난 안 죽을 거거든."

"뭐?"

모용기의 말에 철무한이 황당하다는 얼굴을 했다.

그러나 오래지 않아 모용기가 임독양맥이 열렸다는 것에 생각이 미쳤다.

충분히 그럴 만하다고 생각했다.

"그, 그렇긴 하지."

뒤늦게나마 저도 모르게 납득하는 얼굴로 고개를 끄덕이던 철무한은 이내 기대가 가득한 눈으로 모용기를 쳐다봤다.

"그, 그럼 우리도?"

철무한의 물음에 모용기가 히죽 웃음을 보였다.

"자기 일은 자기가 알아서 해야지."

그리고는 습관처럼 바닥을 콕 찍었다.

모용기가 남긴 흐릿한 잔상에 철무한이 뒤늦게 화들짝 놀란 얼굴로 손을 뻗었다.

"야! 그러지 말고 나도 좀……!"

전신을 흑의로 감싼 무인들 가운데 홀로 백의를 걸친 중년인.

일반적인 중원인들의 복장과는 완연히 다른, 유독 눈에 띄는 복장을 한 청년이 자신보다 한 걸음 뒤에서 공손히 시립하고 있는 흑의인을 돌아봤다.

"놈들을 가둬 뒀다고?"

"그렇습니다."

자신의 성격과는 다르게 조심조심 움직이는 것이 마음에

들지 않았다. 몇 번이나 벌컥 화가 치솟는 것을 어렵사리
참아 낸 보람이 있었다.

"이제 사냥만 하면 되는군."

준비하는 시간이 길었지만 일은 금방 끝날 것이다.

자신의 방식대로 일을 처리하는 것보다 훨씬 시간이 단
축될 것이다.

고개를 끄덕이는 중년인을 향해 뒤에서 시립하고 있던
흑의인이 조심스레 입을 열었다.

"조 공공이 말씀하시길, 이번에 반드시 처리해야 할 것
이라고…… 실수가 있어서는 안 될 것이라고 하셨습니다."

중년인이 눈매를 좁혔다.

"지금 그 말은 나를 믿지 못하겠는 말이냐?"

목소리에 날이 섰다.

자연스레 예기가 뻗어 나왔다.

복면을 하고 있음에도 얼굴이 저릿저릿한 느낌에 흑의인
이 저도 모르게 식은땀을 흘리며 고개를 조아렸다.

"그런 것이 아니라, 조금만 더 신경을 써 주셨으면 하는
마음에……."

"이미 충분히 신경을 쓰고 있다! 네놈들이 그럴 수밖에
없도록 만들지 않았더냐?"

목소리에 한층 더 날이 섰다.

목덜미에 살짝 솟아나던 식은땀이 점점 더 범위를 넓혀

등을 흥건히 적셨다.

바짝 움츠려든 흑의인을 차가운 눈으로 내려다보던 중년
인은 이내 고개를 젓고 말았다.

"되었다. 일은 확실하게 매듭지을 것이니, 약속이나 잘
지키라 전하거라."

"그, 그것이야 물론……."

그러나 대답을 들을 이는 이미 느릿느릿 걸음을 옮기고
있었다.

그러나 움직임이 느리다는 것이지 거리를 좁히는 속도마
저 느린 것은 아니었다.

한없이 느릿하게만 보이는 걸음걸이와는 다르게 신형이
쭉쭉 뻗어 나갔다.

"이, 이런! 저희들과 같이……!"

뒤에서 다급한 목소리와 함께 분주하게 움직이려는 듯
소란이 일었지만 눈길조차 주지 않았다.

더는 그들에게 관심이 없었던 탓이다.

오히려 저들을 움직이게 한 이들에게 더 관심이 갔다.

'아직 아이들이라 들었는데……'

궁금했다.

강호에서 이름을 날리는 고수들이라 해도 저들이 저렇게
까지 움직이지는 않는다는 것을 잘 알기 때문이었다.

'재미있군.'

자신의 의지로 움직이는 것은 아니지만 그나마 다행이라 여겨졌다. 홍미가 돌았기 때문이다.

저도 모르게 조금씩 발걸음이 빨라졌다. 거리가 좁혀지는 속도가 점점 더 빨라졌다.

그의 심정을 고스란히 드러내는 듯한 움직임이었다.

그러나 목표물에 가까이 접근하기도 전, 중년인은 움찔 몸을 떨며 걸음을 늦출 수밖에 없었다.

"응?"

자신을 노리는 한 줄기 기운.

미약하면서도 뚝 끊어질 듯이 가늘게 이어지는 기운이었지만 확실하게 느낄 수 있었다.

싸늘함을 넘어서 섬뜩함마저 느껴질 정도로 소름이 돋는 기운은 분명 살기였다.

완전히 걸음을 멈춘 중년인이 주위를 휘휘 돌아봤다.

그러나 상대의 기척은 좀체 잡아낼 수 없었다.

상대는 기척을 감추는 데 능숙해 보였다.

'살수? 아니면……'

중년인이 미간을 좁혔다.

그리고는 주위를 휘휘 돌아보며 목소리를 높였다.

"본인은 북해의 담재선이라 하오. 어디의 고인이시오? 모습을 드러내시오."

그리 목소리를 높인 것은 아니었다. 그러나 내력을 품은 목소리가 사방으로 퍼져 나가며 기파를 일으켰다.

스스로를 담재선이라 밝힌 중년인을 중심으로 원을 그리듯 기파가 퍼져 나갔다.

물결치듯 퍼져 나가는 기파에 산천초목이 부르르 몸을 떠는 것만 같았다.

그리고 그 순간 담재선의 눈앞으로 불쑥 튀어나온 신형 하나.

모용기가 얼굴을 찌푸리며 담재선을 쳐다봤다.

"이 아저씨, 여전하네."

깊은 어둠 속에서 물질 소리가 요란하게 들려왔다.

여름이라 얇게 두른 경장 덕에 곡선이 고스란히 드러나는 네 명의 여인들.

그중에서도 아직 어린 티를 벗어 내지 못해 가장 굴곡이 덜한 철소화가 얼굴을 찡그리며 제갈연을 쳐다봤다.

"언니, 이거 아무래도 꽉 틀어막힌 것 같은데?"

"그, 그러게요."

유진산의 말을 들었기에 쉽지 않을 거라는 예상은 했었다. 그래도 혹시나 하는 기대감을 품고 찾아온 것인데, 결과는 역시나였다.

봉마곡을 둘러싼 진법은 한 치의 틈도 보여 주지 않고 있었던 것이다.

제갈연이 난감하다는 얼굴로 백운설을 쳐다봤다.

"이제 어쩌죠?"

"그, 그게……."

난감하기는 백운설 역시 마찬가지였다. 자기가 주도한 일이었음에도 꿀 먹은 벙어리처럼 아무런 말도 하지 못했다.

그때 철소화를 호위한다는 명목 아래 따라붙었던 조희진이 목소리를 냈다.

"아가씨, 아무래도 우리끼리는 아무것도 못 할 것 같아요. 차라리 어르신께서 길을 열어 주시는 걸 기다리는 게……."

"뭐라도 해 봐야 할 거 아냐? 할아버지가 언제 열릴지 확언할 수 없다고 했잖아? 그럼 오빠들이 어떻게 되었을지도 모르는데 그때까지 손 놓고 있자고?"

전혀 물러섬이 없는 철소화였다.

그런 그녀의 고집을 꺾기가 어렵다는 것을 느낀 것인지 조희진이 한숨을 푹 내쉬었다.

그 순간이었다.

무언가 쉭 하는 소리가 들려오더니 철소화의 옆으로 나뭇잎 하나가 툭 떨어졌다.

그리고는 자그마한 파문이 일어났다.

"어?"

난데없이 튀어나온 나뭇잎에 철소화가 눈을 동그랗게 뜨는 순간.

시커먼 물체가 자그마한 나뭇잎에서 불쑥 솟아오르는 것 같더니 철소화의 뒷덜미를 덥석 낚아챘다.

"어, 엄마야! 어? 할아버지!"

유진산의 얼굴을 확인한 철소화가 눈을 동그랗게 떴다.

딱!

"아! 아야! 할아버지, 왜 때리고……."

따끔한 통증에 철소화가 이마를 감싸 쥔 채 눈물을 글썽거렸다.

철소화의 투정이 귀여운지 유진산이 픽 웃으며 입을 열었다.

"이 녀석아, 내가 일단은 기다리라고 하지 않았더냐? 진법이 어디가 꼬인 건 줄 어떻게 알고? 그러다 자칫 잘못되기라도 한다면 어쩐단 말이냐?"

유진산의 타박에 철소화가 입술을 삐죽거렸다.

"괜찮던데……."

"안 괜찮으니까 하는 말 아니냐? 그리고 너희들도 그만 나오거라. 진법이 불안정해서 정말 큰일을 치를지도 모른다."

당황한 기색으로 눈을 동그랗게 뜨고 있는 제갈연 등에게 주의를 준 유진산이 한순간 몸을 불쑥 띄웠다.

그런데 거리가 짧았다. 뭍까지는 아직 한참 남아 있는 상황. 게다가 무게를 실을 만한 것도 없어 보였다.

'실수?'

제 할아비를 잘 아는 철소화가 고개를 갸웃거리는 순간.

유진산이 수면을 가볍게 찍었다.

툭!

잔잔한 수면 위로 나뭇잎이 떨어졌을 때처럼 작은 파문이 일어나는가 싶더니 유진산이 쭉 치고 나갔다.

단숨에 뭍에 다다른 철소화가 눈을 동그랗게 뜨고 유진산을 쳐다봤다.

"하, 할아버지! 이거······."

유진산이 고개를 끄덕였다.

"맞다. 등평도수다."

고급무리를 처음으로 경험한 철소화가 입을 헤벌렸다.

그러는 사이 어느새 뭍에 도착한 조희진이 눈을 반짝이며 유진산을 쳐다봤다.

"어, 어르신! 정말 대단하세요!"

흥분이 가득한 목소리와 더불어 눈빛에는 동경의 감정이 담겼다.

유진산이 픽 웃으며 고개를 저었다.

"그렇게 대단한 건 아니다. 그리 어려운 것도 아니고."

유진산의 말에 철소화가 눈을 반짝였다.

"정말? 그렇게 어려운 거 아니야?"

"그래. 시간이 조금만 지나면 너희들도 어렵지 않게 하게 될 게다."

"그래? 언제쯤 그게 가능한데?"

"임독양맥만 열면 된다. 그럼 어렵지 않게 할 수 있을 게다."

유진산의 말에 철소화가 얼굴을 구겼다.

"뭐야, 어렵지 않다더니…… 무지 어려운 거잖아? 할아버지 거짓말쟁이!"

심통이 난 얼굴로 투덜거리는 철소화.

그런 그녀를 물끄러미 쳐다보던 제갈연이 한순간 무슨 생각이 들었는지 유진산에게 시선을 돌렸다.

"임독양맥을 열면 할 수 있다고요?"

"그렇다."

"하지만 모용 공자는……."

유진산과 시선을 마주한 제갈연이 저도 모르게 말꼬리를 흐렸다. 그러나 그녀가 무슨 말을 하는 건지 어렵지 않게 눈치 챈 백운설이 냉큼 그 뒤를 이어 갔다.

"맞다, 기아! 기아는 그거 못하던데요?"

"안 그래도……."

유진산이 미간을 좁혔다. 그리고는 조금은 소심한 듯, 자신과 제대로 눈길을 마주치지 못하는 제갈연을 쳐다보며 말을 이었다.

"그게 좀 이상하다. 나나 원종이나 임독양맥이 열리고 나서는 어렵지 않게 했던 것을 그 녀석이 아직 못한다는 게. 정순이, 연옥이도 조금 느리긴 했지만 그게 반년은 넘진 않았거든. 그런데 그 녀석은 반년을 훌쩍 넘겼는데……."

"에이, 기아 오빠가 아무리 대단하다 해도 어떻게 할아버지들한테 갖다 대? 그거야 급이 다르니까……."

철소화의 말에 유진산이 고개를 저었다.

"내가 그 녀석을 괜히 천재라고 했단 말이냐? 나도 스물 중반이 넘어서야 겨우 임독양맥을 열었다. 원종이, 정순이는 서른 줄이 되어서야 간신히 넘어섰고, 연옥이는 그보다 한참 늦었지. 그런데 그 녀석은 아직 약관도 되지 않았어. 그 나이에 임독양맥이 열린 이는 내가 아는 한 단 두 명밖에 없다. 그래서 내가 그 녀석을 천재라고 한 것이다."

철소화가 눈을 동그랗게 떴다.

"진짜? 기아 오빠가 그렇게 빨라?"

"그래. 그 나이에 임독양맥이 열린 이 중 하나는 모용기 그 녀석이고, 또 하나는……."

유진산이 말꼬리를 흐렸다.

철소화가 고개를 갸웃거렸다.

"왜? 왜 말을 하다 말아?"

유진산이 고개를 저었다.

"아니다. 너희들이 알 필요는 없다."

"아니, 그러니까 왜?"

철소화의 질문이 재차 이어졌으나 유진산은 아련한 눈을 할 뿐이었다. 그리고는 조금 시간이 지난 후에야 간신히 입을 열었다.

"이미 오래 전에 돌아가신 분이니까. 너희들이 마주칠 일이 없으니까."

중얼거리는 듯한 힘없는 유진산의 목소리에 저도 모르게 분위기가 숙연해졌다.

아이들이 괜히 저희들끼리 눈을 마주치며 유진산의 눈치를 봤다.

한동안 아련한 눈을 하던 유진산은 이내 픽 웃으며 고개를 저었다.

"확실한 건 그 녀석을 걱정할 필요는 없다는 것이다. 그거 진짜 쓸모없는 짓이야. 임독양맥이 열린 무인이 물에 빠져 죽을 리는 없으니까 말이다. 다른 녀석들도 잘 간수해서 다들 무사할 것이다. 그러니까 쓸데없는 걱정은 하지 않아도 좋다."

‘이거 감당할 수 있을까?’

태연함을 가장하고 있었지만 손아귀는 이미 긴장으로 인해 축축이 젖어 들었다.

담재선이 고개를 갸웃거리는 작은 동작에도 손가락이 움찔하며 검을 찾았다.

“나를 아나?”

어떻게 모를 수가 있을까?

강호를 종횡무진하던 모용기로서도 감당하기 어렵던 몇 안 되는 무인들 중 하나였기 때문이다.

‘결국 잡긴 했다만……’

혼자 힘으로 한 것이 아니었다.

명진과 철무한, 거기에 참룡대원 열이 달라붙어 힘을 빼놓은 덕분에 간신히 잡을 수 있었다.

그만큼 눈앞에 있는 이는 절정의 고수였다.

‘어째 감이 안 좋더라니……’

어딘가 원인을 알 수 없는 싸한 느낌에 그들을 떼어 놓고 온 것인데, 다행히도 예감이 맞아들었다.

회귀 전이라면 모를까, 지금은 전혀 도움이 되지 않았다. 아니, 오히려 짐 덩어리나 다름없을 터.

그 순간 담재선이 다시 입을 열었다.

"왜 대답하지 않는 거지? 나를 아냐고 물었다."

그리 크지 않은 목소리였다. 그럼에도 불구하고 모용기 자신을 사방에서 둘러싸고 몰아친다는 기분이 들 정도로 웅웅거렸다.

얼굴을 찌푸린 모용기가 어느새 번쩍 검을 뽑아 들었다.

그리고는 허공을 향해 휙 검을 그었다.

모용기를 둘러싸고 있던 무형의 기운이 와르르 무너져 내렸다.

"호오……."

담재선이 제법이라는 얼굴을 했다.

그리고는 호기심이 가득한 눈으로 모용기에게 시선을 집중하는 순간.

쉭!

무형의 기운이 위협적인 소리를 내며 순식간에 거리를 좁혔다.

팡!

어느새 오른손을 들어 올린 담재선이 한순간 미간을 좁혔다.

"검풍?"

어림잡아도 두 사람의 사이는 오 장 거리였다. 검기도 아닌 검풍으로 그 거리를 뛰어넘어 상대에게 위협을 가한다는 것은 검기를 발출하는 것보다 더 어려운 일이었다.

모용기를 주시하는 담재선의 눈빛이 차갑게 가라앉았다.

"넌 누구지?"

"알아서 뭐 하게?"

"무척이나 놀라워서 말이지."

"뭐가?"

"내 딸과 비슷한 또래인 것 같은데 나를 긴장하게 만든 다는 것 말이다."

담재선의 말에 모용기가 눈을 반짝였다.

'맞다. 저 아저씨 딸이 있었지?'

예상치 못한 상대를 만난 탓에 긴장으로 까맣게 잊고 있던 사실을 뒤늦게 떠올렸다.

어쩌면 굳이 싸우지 않아도 일을 해결할 수 있을지도 모른다는 기대감이 생겨났다.

'좋은 게 좋은 거라고 말로 해결할 수 있는데 굳이 주먹 질을 할 것까진 없겠지?'

절대로 무서워서 그런 것이 아니었다.

흉보다 길이 많을 거란 생각에 딱딱하게 굳어 있던 근육이 조금은 풀어져 내렸다.

모용기가 히죽 웃음을 보이더니 담재선을 쳐다봤다.

"아저씨, 내가……."

그 순간 모용기와 담재선을 둘러싼 수풀이 부르르 떨리는가 싶더니 시커먼 인영이 하나둘씩 툭툭 튀어나오며 둘을 감쌌다.

그리고 흑의인영들 중 가장 앞으로 나선 이가 모용기를 향해 손가락질을 했다.

"저, 저놈입니다! 저놈이 바로 모용기……!"

흑의인영이 말을 끝마치기도 전에 담재선의 전신에서 서늘한 기파가 훅 하고 몰아쳤다.

기파에 휩쓸린 흙먼지가 자욱하게 피어올랐다.

그리고는 소용돌이치듯 한 점으로 몰려들더니 모용기를 겨냥했다.

흡사 창과도 같은 형체를 이루어 자신을 노리는 담재선의 기파를 주시하던 모용기는 이내 앞으로 나선 흑의인영을 향해 얼굴을 팍 일그러트렸다.

"젠장! 이 새끼! 넌 내가 꼭 죽이고 만다!"

그리고는 바닥을 콕 찍었다.

모용기가 남긴 잔상을 담재선의 기파가 그대로 찍어 눌렀다.

쾅!

〈8권에 계속〉